KB078030

미러클
테이머

MIRACLE
TAMER

미라클 테이머 4

인기영 장편소설

초판 1쇄 찍은 날 § 2016년 9월 19일
초판 1쇄 펴낸 날 § 2016년 9월 26일

지은이 § 인기영
펴낸이 § 서경석

편집책임 § 이창진

펴낸곳 § 도서출판 청어람
등록번호 § 제387-1999-000006호
등록일자 § 1999. 5. 31
어람번호 § 제1-2523호

주소 § 경기도 부천시 원미구 부일로 483번길 40 서경B/D 3F (우) 14640
전화 § 032-656-4452 팩스 § 032-656-4453
http://www.chungeoram.com
E-mail § chungeorambook@daum.net

ISBN 979-11-04-90964-1 04810
ISBN 979-11-04-90882-8 (세트)

미러클
테이머

인기영 장편소설
FUSION FANTASTIC STORY

MIRACLE
TAMER

4

도서출판
청어람

CONTENTS

Taming 37   퀸의 전장   7

Taming 38   붉은 눈의 주인   23

Taming 39   자이렉스   39

Taming 40   귀환   53

Taming 41   몬스터 군단   83

Taming 42   차서린, 의문의 1패   111

Taming 43   범죄와의 전쟁   129

Taming 44   전란의 시작   145

Taming 45   올가미   187

Taming 46   새 시대   201

Taming 47   진실과 거짓   217

Taming 48   내부자들   267

Taming 49   마갑, 에스페란자   281

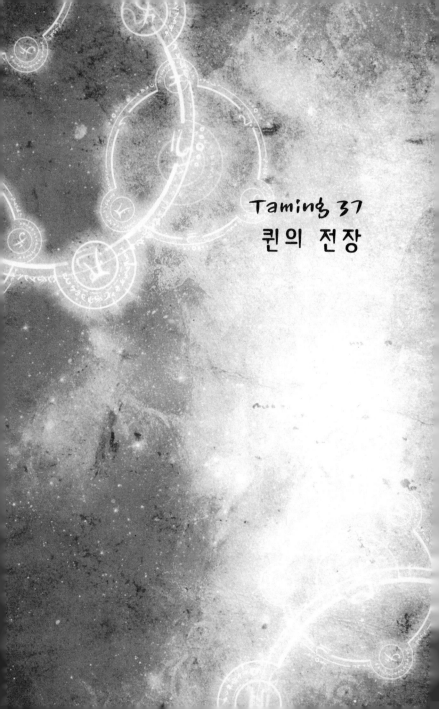

Taming 37
퀸의 전장

"이게 대체 무슨 경우야?"

난 눈을 의심했다.

내 앞에 서 있는 각기 다른 열 마리의 몬스터 중 무려 두 마리가 퀸이었다.

게다가 퀸인 녀석은 톤톤과 루루였다.

꼬맹이와 타조가 퀸으로 진화할 수 있는 기회다.

나머지 놈들은 일반 몬스터들인데 3성 스케라와 4성 듀라란, 그리고 4성 링링이 각각 두 마리, 3성 푸르푸르가 하나, 3레벨 몬스터 2성 보탄이 하나였다.

보탄은 거대한 성게처럼 생긴 녀석으로 발이 없어서 허공을 둥둥 떠다닌다.

그런데 높이 날지는 못한다.

지상에서 최고 높이 떠봐야 30센티가 고작이다.

보탄은 온몸에 가득한 가시를 쏴서 적을 공격하는데, 가시 끝에는 톤톤의 손톱처럼 맹독이 가득하다.

게다가 보탄은 싸움을 하다 수세가 불리해진다 싶으면 자폭을 해버린다.

이게 은근히 파괴력이 강력하다.

아무 방비 없이 자폭하는 보탄의 근처에 서 있다가는 조각난 고깃덩이가 될 가능성이 높다.

한데 이번 전투는 저 보탄 덕분에 쉬워질 판이었다.

난 아공간에서 스케라 건을 꺼내 3클래스 화염 마법을 세 번 중첩했다.

"파이어 볼! 파이어 볼! 파이어 볼!"

그러는 사이 몬스터들이 내게 일제히 달려들었다.

아주 자알~ 한다!

난 놈들을 피해 뒤로 훌쩍 물러나며 스케라 건의 방아쇠를 당겼다.

콰앙!

빠르게 뻗어 나간 3중첩 파이어 볼이 정확히 보탄의 몸뚱이에 명중했다.

펑! 퍼퍼엉! 콰아아앙!

파이어 볼이 세 번 연속으로 폭발을 일으켰다.

쾅음과 함께 충격파가 보탄의 주변에 있던 몬스터들을 밀어냈다.

하지만 몬스터들은 충격파에 밀리지 않으려고 버티다가 우당탕 그 자리에 쓰러졌다.

"그냥 밀려나지 그랬니."

내 말이 끝나는 순간 폭발의 여운이 가시고 엉망이 된 보탄의 모습이 드러났다.

몸의 반이 날아가고 남은 반쪽도 녹아내려 몰골이 말이 아니었지만 숨은 붙어 있었다.

"보오오오오오오!"

보탄이 사납게 울었다.

"소환, 시크냥!"

난 당장 시크냥을 소환했다.

녀석이 내 머리 위에 앉아 앞발을 핥았다.

"공간이동."

시크냥이 고개를 끄덕이고서는 작게 울었다.

"냐우~"

그와 동시에 시크냥과 내 몸이 보탄과 몬스터 무리에게서 10미터 거리까지 떨어졌다.

동시에 보탄의 몸이 붉게 물들었다.

그제야 몬스터들이 아차 하는 얼굴로 후다닥 일어섰다.

하지만 이미 때는 늦어 있었다.

콰아아아아아아아아아앙!

보탄의 몸이 산산조각 나며 터져 나갔다. 자폭한 것이다.

"듀라라라라~!"

"카락! 카라락!"

"우루루~"

폭발의 여파에 휘말린 몬스터들이 제각기 크게 울어댔다.

링링과 푸르푸르는 그 자리에서 죽었다.

듀라란과 스케라는 살아남았지만 겨우 숨만 붙어 있는 처지였다.

둘 다 사지가 잘려 피 칠갑이 된 몸뚱이를 펄떡이며 신음을 흘렸다.

그나마 가장 상태가 괜찮은 건 톤톤 퀸과 루루 퀸이었다.

톤톤 퀸은 오른쪽 팔다리를 잃었다.

루루 퀸은 한쪽 날개와 꼬리가 잘려 나갔다.

하지만 전투가 불가능할 정도는 아니었다.

두 녀석 모두 2성까지 성장한 퀸인 만큼 보탄의 폭발을 견뎌낸 것이다.

하지만 저런 몰골로 나를 상대할 수는 없다.

"시크냥, 처리해."

내 명령에 시크냥이 한숨을 푹 쉬더니 앞으로 달려 나갔다.

녀석은 마치 너희들 때문에 내 휴식을 방해받은 거라는 양,

매섭게 두 마리의 퀸을 앞발로 두들겨 팼다.

톤톤 퀸과 루루 퀸은 성치 않는 몸인지라 방어조차 제대로 못 하고서 흠씬 쥐어 터졌다.

그러다 결국.

서걱! 석!

시크냥의 날카로운 손톱에 나란히 목이 잘렸다.

투툭.

머리 없는 시체가 된 두 녀석의 몸에서 시크냥은 핵을 꺼내 왔다.

역시 똑똑한 녀석이다. 내가 시키지 않아도 필요한 게 무엇 인지 파악하고 있었다.

시크냥은 입에 물고 있던 핵 두 개를 내 발 앞에 내려놨다.

그리고는 짜증 가득한 얼굴로 날 바라보며 울었다.

"냐우우우~"

음… 저 말은, '이제 더 시킬 거 없지?' 정도로 해석 가능하 다.

똑똑하다기보다는 내가 이것저것 시키는 게 귀찮아서 두 번 일하기 싫어 핵을 가져온 모양이다.

"그래, 들어가 쉬어라 녀석아. 봉인, 시크냥."

시크냥을 아공간에 봉인시킨 뒤, 꼬맹이와 타조를 소환했 다.

녀석들은 눈앞에 놓인 핵을 보자마자 신이 나서 주워 들어 입에 삼키려 했다.

"토톳~!"

"우루루~!"

"잠깐!"

두 녀석이 핵을 입에 반쯤 집어넣다가 그대로 멈췄다.

"핵을 반대로 집었잖아, 자식들아! 꼬맹이가 들고 있는 게 루루 퀸의 핵이고, 타조가 들고 있는 게 톤톤 퀸 꺼야!"

"토톳?!"

"우루루?!"

녀석들이 화들짝 놀라 눈을 크게 떴다.

"에라이!"

따닥!

난 놈들에게 꿀밤을 한 대씩 먹였다.

꼬맹이와 타조는 들고 있던 핵을 서로의 입에 넣어주었다.

꿀꺽!

핵을 삼킨 녀석들이 몸을 부르르 떨었다. 이어 진화가 시작되었다.

꼬맹이의 전신이 불뚝불뚝거리더니 팔다리가 늘어나고 몸통이 커졌다. 난쟁이처럼 작았던 꼬맹이의 키가 나와 맞먹을 정도로 거대해졌고, 머리에 노란색의 지느러미가 왕관 모양으로 자라났다.

"토톳~!"

퀸으로 진화한 자신의 모습을 확인한 꼬맹이가 크게 울부짖었다.

그 무렵 타조도 진화를 마쳤다.

타조는 몸집이 전보다 두 배나 거대해졌다.

그리고 눈동자의 색도 붉게 물들었다.

발톱과 부리가 길게 자라났고 전체적으로 훨씬 늠름해진 모습이었다.

"우우우~!"

루루가 날개를 쫙 펴고 포효했다.

짝짝짝짝!

난 녀석들을 보며 뿌듯한 마음으로 박수를 쳤다.

"좋아! 두 녀석 다 끝내주게 멋지다! 하하하하하!"

이것으로 내 수중에 있는 퀸은 셋이다.

류시해는 필시 날 곤경에 처하게 할 셈으로 차원의 문 안에 던져 넣었겠지만, 그것은 내게 행운을 가져다주었다.

한 마리도 만나기 힘든 퀸이 두 마리나 있을 줄 누가 알았겠는가?

덕분에 몬스터 군단을 만들기 위한 행보가 더욱 수월해졌다.

"가만, 근데 생각해 보니 기분 나쁘네."

류시해 이 자식은 날 죽이려고 한 거 아냐?

대체 왜 그런 짓을 한 거지?

녀석이 정신 나간 돌아이라는 건 잘 알고 있다. 하지만 이건 아니지 않나?

단순히 미친놈이라서 아무 이유 없이 날 죽이고 싶어 했다고?

"그럴 리가."

분명히 무슨 이유가 있다.

그놈이 천지 분간 못 하고 행동하는 것 같지만 제 목숨 아까운 줄은 안다.

일전에도 함께 던전 콜을 받았을 때 녀석은 예감이 좋지 않다며 그냥 토꼈다.

결국 나 혼자 던전에 들어갔는데 그곳은 변종 던전이었고 위험한 상황을 헤쳐 나가야 했다.

류시해는 아무도 모르는 그만의 목적에 따라 행동하고 있는 게 틀림없다.

그게 무엇인지 도통 갈피를 잡을 수가 없을 뿐!

"여기서 나가면 네놈의 시커먼 속부터 파헤쳐 주마."

한 번은 그냥 똥 밟았다 생각하고 넘어갈 수 있지만 두 번 당하니 열이 확 올라온다.

이 녀석을 잡아 족치지 않으면 이 분이 풀리지 않을 것 같았다.

내가 류시해를 어떻게 요리할까 진지하게 고민하고 있을 때였다.

두두두두두두!

저 멀리서 먼지구름과 함께 서른 마리 가까이 되는 몬스터 군단이 달려오고 있었다.

"소환! 블링, 흰둥이, 예티, 샤오샤오, 시크냥!"

난 전투에 대비해 모든 몬스터들을 소환했다.

그런데.

"샤, 샤아아아아!"

샤오샤오가 퀸으로 진화한 꼬맹이와 타조를 보고 기겁하더니 내 뒤에 숨어서 바들바들 떨었다.

누누이 얘기했지만 이 녀석, 지금 무서워하는 게 아니라 부끄러워하는 거다.

"샤오샤오. 꼬맹이랑 타조야. 부끄러워하지 마."

"샤아, 샤아아."

샤오샤오가 마구 도리질을 했다.

아이고, 친해지려면 또 한참 걸리겠구만.

그러는 사이 몬스터 군단은 그 형태를 알아볼 수 있는 거리까지 도착했다.

이번에도 1레벨에서 4레벨 사이의 몬스터가 전부였다.

5레벨 몬스터는 보이지 않았다.

그런데, 몬스터 무리 중에 푸르푸르 퀸이 섞여 있었다.

"뭐야? 또 퀸이 있어?"

푸르푸르 퀸의 주변에는 푸르푸르 다섯 마리가 딱 달라붙어 그녀를 지키고 서 있었다.

"아니, 이 필드 왜 이래?"

벌써 퀸을 세 마리나 만났다.

아무래도 이건 필드를 전개할 때 일부로 퀸을 잡아서 넣었다고밖에 생각할 수 없었다.

왜?

저번처럼 쉽게 당하지 않으려는 거겠지.

게다가 이 필드에 입장할 수 있는 인원은 단 한 명.

퀸이 이렇게 많은 필드에 비욘더 한 명이 들어간다고 했을 경우 어떻게 될까?

열에 아홉이 당한다.

전국 상위 랭킹 100위 안에 드는 실력자들이나 버틸 수 있겠지.

물론 난 상위 랭킹 100위에 속하는 비욘더가 아니다.

하지만 경우가 좀 다르다.

난 혼자가 아니란 말이지.

"좋아. 흰둥아! 이번엔 네가 진화할 차례다."

"라라랑~"

흰둥이가 기분 좋은 듯 몸을 파르르 떨었다.

*　　　*　　　*

아진이 차원의 문으로 넘어가고 난 뒤, 그 자리에는 비욘더와 데스페라도들의 난전이 계속해서 이어지고 있었다.

처음에는 비욘더들이 크게 밀리는 듯했다.

수적 열세를 극복해 줄 수 있는 아진이 사라졌기 때문이다.

게다가 데스페라도들의 수준이 제법 높았다.

1클래스 능력자는 한 명도 없었고 전부 2클래스 이상의 실력자였다.

3클래스 데스페라도가 가장 많았고, 4클래스 데스페라도도 셋이나 있었다.

게다가 육진걸은 3년이라는 시간 동안 포스를 끌어모아 5클래스의 경지에 이른 상황이었다.

그렇다 보니 비욘더들이 밀리는 건 당연했다.

한데 상황을 관망하기만 하던 사천사가 그 스스로 판단을 내려 전투에 가담하면서 판이 뒤집어졌다.

5레벨 몬스터의 힘은 가히 무시무시했다.

사천사의 날갯짓 한 번에 매서운 폭풍이 일었다.

폭풍 안에는 날카로운 깃털들이 가득했다.

데스페라도들은 폭풍에 잡아먹히지 않기 위해 이리저리 몸을 날려 피했다.

그렇다 보니 전투에 집중을 할 수 있을 리가 없었다.

데스페라도들이 정신없어하는 사이 비욘더의 역공이 시작됐다.

몇몇 데스페라도는 폭풍을 잠식시켜 보려 했으나 역부족이었다.

그러나 육진걸은 달랐다.

그는 강력한 주먹질 몇 번으로 풍압을 일으켜 폭풍을 없애 버렸다.

하나, 그런 육진걸의 행태를 고이 지켜봐 줄 비욘더들이 아니었다.

설소하를 비롯, 한규설과 3레벨 비욘더 셋이 함께 달려들어 육진걸을 방해했다.

천하의 육진걸도 비욘더의 협공을 받아내기는 역부족이었다.

"나 하나를 상대하자고 다섯이나 덤벼들다니! 너무 치사한 것 아닌가!"

"목숨이 오가는 전투에 치사한 것이 어디 있단 말이오!"

"하하하하! 그냥 신나게 싸우면 되는 거지, 이것저것 따지는 게 많아!"

설소하와 한규설이 육진걸의 말을 받아쳤다.

육진걸이 상황을 지켜보니 사천사 하나로 인해 데스페라도들이 점점 더 수세에 몰리고 있었다.

그 와중에도 류시해는 아무것도 하지 않는 중이었다.

그는 무슨 꿍꿍이가 있는 건지 묘한 미소를 머금고 콧노래까지 부르며 전쟁을 구경했다.

"하음~ 이대로 끝나려나? 좀 시시한데."

이대로 가면 비욘더들의 승리가 확실시될 듯했다.

그런데 그때.

"으아아아악!"

전장의 어딘가에서 등골이 서늘해지는 비명 소리가 들려왔다.

Taming 38
붉은 눈의 주인

그 비명은 심상찮았다.

단순한 고통 이상의 것이 담겨 있었다.

전장의 모든 사람들은 저도 모르게 비명이 터진 쪽으로 시선을 돌렸다.

그리고 비욘더들의 얼굴이 경악에 물들었다.

데스페라도가 내지른 검에 비욘더 한 명의 복부가 관통당했다.

"끄으으으……!"

일그러진 얼굴로 신음을 내뱉는 이는 2레벨 비욘더 조수환이었다.

이제 약관을 갓 넘은 그는 매지컬 비욘더였다.

레벨은 낮아도 나이답지 않은 노련미가 있어 전장에서 괜찮은 활약을 하던 이였다.

그런데 데스페라도와 맞붙은 이곳에서 날카로운 검에 배가 뚫렸다.

충분히 피할 수 있었다.

이렇게 쉽게 허점을 내어줄 그가 아니었다.

그런데 검이 날카로운 이빨을 들이대는 순간 그의 몸은 의지대로 움직여지지 않았다.

마치 누군가가 사방에서 팔다리를 잡고 있는 것처럼 굳었다.

예상 못한 상황에 앗! 하는 사이 아랫배가 불에 덴 듯 화끈거렸다.

동시에 전신에서 힘이 쭉 빠졌다.

복부로부터 시작된 끔찍한 통증은 사방으로 퍼져 나갔다.

"수환아!"

강철수가 소리치며 조수환에게 달려갔다.

다른 비욘더들도 조수환에게 향하려 했다.

하지만 데스페라도들이 이를 허락지 않았다.

"비켜 이 새끼들아!"

콰앙! 쾅!

무섭게 휘두르는 강철수의 두 주먹에서 불이 뿜어졌다.

사천사가 계속해서 태풍을 날려 데스페라도들을 괴롭혔다.

그럼에도 데스페라도들은 악착같이 조수환에게 다가가려는 비욘더들의 앞을 가로막았다.

도와주러 오는 사람이 없으니 조수환은 검에 찔린 채 아무런 저항도 못 하고 있었다.

아니, 딱 한 명.

조수환을 도울 수 있는 비욘더가 있었다.

류시해였다.

데스페라도들은 이상하게도 류시해에게는 공격을 가하지 않았다.

아니, 그를 아예 없는 사람 취급 했다.

덕분에 류시해는 거동이 자유로웠다.

그럼에도 그는 조수환을 도우러 오지 않았다.

빠르게 의식이 흐려지는 사이, 조수환이 주변을 둘러보다가 저쪽에서 자신을 바라보고 있는 류시해와 시선이 마주쳤다.

그런데…….

'…어?'

조수환은 이해할 수 없는 광경을 목격했다.

자신을 바라보는 류시해의 입가에 미소가 맺혀 있었다.

'왜… 왜 웃지?'

류시해가 아무리 미친 인간이라 해도 일단은 비욘더다.

그리고 이곳은 비욘더와 데스페라도가 싸우는 전장이다.

그렇다면 자신을 도와줘야 하는 게 맞지 않나?

왜 그저 멀뚱히 보고 서서 웃기만 하고 있는 거지?

혹, 내 정신이 흐리멍텅해져서 헛것을 본 건가?

별의별 생각이 다 들었다.

하지만 그는 더 깊은 생각을 이어갈 수 없었다.

카가각!

"끄흡……!"

조수환의 배에 검을 박아 넣은 데스페라도 박선태가 검 손잡이에 힘을 가했다. 그러자 검날이 뱃가죽을 가르며 위로 올라갔다.

마치 생선의 배를 가르듯, 사람의 배를 갈라 버렸다.

후두둑. 투둑.

확 열린 뱃속에서 피와 내장이 쏟아져 내렸다.

"으어……."

조수환의 다리 후들거렸다.

그의 바지가 갑자기 쏟아진 소변에 푹 젖었다.

박선태는 검을 뽑았다.

그에 조수환의 몸이 허물어지는 순간!

서걱!

검을 횡으로 휘둘렀다.

시린 검날이 조수환의 목을 잘랐다.

두 동강이 난 머리와 몸뚱이가 따로 바닥에 떨어져 널브러졌다.

툭. 털썩.

"수환아아아아아아!"

강철수가 성난 맹수처럼 소리쳤다.

그는 앞을 가로막는 데스페라도들을 족족 주먹으로 후려치며 박선태에게 달려왔다.

멀리서 이를 지켜보던 류시해가 키득키득 웃었다.

"이제 좀 재미있어지네. 어때, 수환아? 네가 죽는 바람에 전장이 후끈 달아올랐단 말야. 정말 의미 있는 죽음이지?"

조수환이 박선태의 검을 피하려는 순간 몸이 굳어버린 것 같다 느꼈던 이유.

그건 류시해가 염력으로 그의 육신을 압박했기 때문이다.

"으아아아아아!"

콰앙! 콰아앙!

강철수는 다른 비욘더와 함께 상대하던 육진걸이 이제 눈에도 들어오지 않았다.

강철수가 빠짐으로써 힘의 밸런스가 깨졌다.

그 바람에 다른 비욘더들이 육진걸에게 밀리기 시작했다.

하지만 지금 강철수에게 그런 건 중요치 않았다.

조수환을 죽인 박선태!

그의 목을 분질러 놔야 했다.

"비켜, 이 개새끼들아!"

콰아아아앙!

강철수의 두 주먹이 쉴 새 없이 불을 뿜었다.

이를 지켜보던 류시해가 손가락을 딱 튕겼다.

그러자 전장에 있던 데스페라도들이 일제히 지니고 있던 작은 알약을 꺼내 삼켰다.

꿀꺽!

"그날을 위하여!"

육진걸도 알 수 없는 말을 내뱉고서는 알약을 입에 털어 넣었다.

이윽고 육진걸을 비롯한 모든 데스페라도의 몸이 변화하기 시작했다.

피부가 찢어지고 녹아내리더니 근육까지 모조리 타 들어갔다.

"뭐야, 이 녀석들? 갑자기 왜 이래?"

"집단 자살이라도 하려는 거야?"

갑작스러운 광경에 비욘더들이 놀라 허둥댔다.

그러는 사이에도 데스페라도들의 살은 계속 녹아내렸고, 결국에는 앙상한 뼈만 남게 되었다.

한데 놀랍게도 뼈만 남은 인간들이 쓰러지지 않았다.

이 기이한 모습에 비욘더들은 모골이 송연해졌다.

"대체 이게 무슨……."

당황한 설소하의 입에서 넋 잃은 음성이 흘러나왔다.

그때였다.

해골이 된 데스페라도들의 뻥 뚫린 눈 속에서 붉은 안광이 일었다.

그리고 그들이 움직였다.

입에서는 듣기 거북한 기음을 흘려댔다.

"카라락! 카라라락!"

그것은 4레벨 몬스터 스케라의 울음소리였다.

"스케라? 스케라라고?!"

"말도 안 돼!"

"사람이 몬스터로 변했어!"

"카라락!"

비욘더들이 놀라고 있을 때 스케라 한 마리가 근처에 있던 비욘더의 목을 물었다.

콰직!

"아악!"

그대로 이를 더욱 세게 박아 넣은 스케라가 살과 함께 뼈마디를 뜯어냈다.

콰드득!

"꺼어……!"

부지불식간 습격을 당한 비욘더는 목에서 피를 뿜으며 절명했다.

"다들 정신 똑바로 차리시오! 이들은 더 이상 인간이 아니외다!"

"4레벨 몬스터 스케라에요! 빠르고 강합니다! 섣불리 달려들었다가는 역으로 당할지도 몰라요! 레벨이 낮은 분들은 반드시 협공하세요!"

설소하와 이환이 빠르게 상황을 정리했다.

"이런 젠장!"

"갑자기 왜! 대체 왜 스케라가 된 건데!"

레벨이 낮은 비욘더들은 지독한 절망을 느꼈다.

조금 전까지는 사천사의 도움이 있었기에 그나마 데스페라도들을 상대할 수 있었다.

하지만 녀석들이 전부 4레벨 스케라로 변해 버린 이상 얘기는 달랐다.

4레벨 스케라는 같은 레벨의 비욘더가 일대일로 상대하기도 벅찬 몬스터다.

그런데 그런 녀석이 스물이나 된다.

게다가 더욱 비욘더들의 오금을 저리게 하는 건 스케라들이 전부 7성이라는 것이다.

7성 스케라면 5레벨 1성 몬스터와 맞먹는다.

한데 여기서 끝이 아니었다.

육진걸은 다른 데스페라도와 달리 스케라 퀸으로 변화했다.

그것도 7성의 스케라 퀸이었다.

"카라라라!"

스케라 퀸의 눈에 한참 전부터 성가셨던 태풍이 포착됐다.

"카라라라라라락!"

스케라 퀸은 거대한 포효와 함께 두 팔을 엑스(X) 자로 교차했다가 풀어 헤치며 대기를 강하게 긁어냈다.

순간 열 손가락에서 터져 나온 풍압이 전방에서 요동치고 있는 두 줄기의 태풍을 향해 날아갔다.

카카카칵!

태풍과 풍압이 격돌했다.

어느 한쪽도 밀리지 않고 팽팽하게 맞서던 두 개의 기운은 결국 서로 동시에 소멸되었다.

사천사는 다시금 사라진 태풍을 불러내려 했다.

그런데.

"카락!"

눈 깜짝할 새 그의 앞에 스케라 퀸이 당도해 있었다.

스케라 퀸의 주먹이 사천사의 명치를 두들겼다.

퐈앙!

"휴르르르~"

사천사는 간신히 그의 주먹을 손으로 막아냈다. 이윽고 바로 반격을 가했다.

사천사가 양 날개를 확 털자 수십 개의 날카로운 깃털이 스케라 퀸의 몸뚱이로 쏘아졌다.

스케라 퀸의 몸이 전광석화처럼 움직였다.

찰나지간 사천사의 눈앞에서 사라진 그는 이미 허공에 떠 있었다.

파파파파팍!

목표를 잃은 사천사의 깃털은 애꿎은 바닥만 파놓았다.

그사이 스케라 퀸이 사천사의 정수리에 발꿈치를 내리꽂으려 했다.

하지만 사천사도 녹록지 않았다.

그가 두 팔을 교차시켜 공격을 막았다.

콰앙!

스케라 퀸의 발이 사천사의 팔에 가로막혔다. 그러나 거기서 끝이 아니었다. 스케라 퀸은 몸을 빙글 돌려 반대쪽 발로 사천사의 옆구리를 후려쳤다.

뻐억!

사천사가 순간적으로 날개를 구부려 몸을 보호했다.

그리고는 스케라 퀸의 가슴팍을 어깨로 들이받았다.

픽!

스케라 퀸은 사천사의 공격이 치고 들어오는 순간 스스로 몸을 뒤로 빠르게 날렸다.

타탁.

스케라 퀸과 사천사가 서로 멀찍이 거리를 두고 섰다.

둘 다 짧은 시간 많은 공방을 주고받았지만 대미지는 전혀 없었다.

그들의 싸움은 먼저 작은 실수를 하거나, 일찍 지치는 쪽이
지게 될 터였다.

거대한 두 존재가 싸우는 사이 비욘더들도 7성 스케라를
상대로 힘겨운 전투를 벌이는 중이었다.

이번에는 류시해도 전투에 참여했다.

아니, 참여하려 했다.

그런데.

푸욱!

"윽!"

소리 없이 그의 측면에서 다가온 스케라 한 마리가 옆구리
에 손톱을 찔러 넣었다.

이어, 무릎으로 복부를 찍었다.

뻐억!

"컥!"

류시해는 그 상태로 바닥에 널브러졌다.

미동이 전혀 없는 것이 기절을 한 듯 보였다.

스케라가 그런 류시해의 머리통을 밟아 으깨려 했다.

한데 그보다 설소하가 빨랐다.

"멈춰라!"

콰아앙!

설소하의 쇠부채가 휘둘러지며 형성된 날카로운 풍압이 스

케라를 덮쳤다.

"카라락!"

스케라가 비명과 함께 옆으로 날아가 바닥에 처박혔다.

설소하는 쓰러진 류시해를 거칠게 흔들었다.

"류시해! 정신 차리시오!"

그러나 류시해는 아무런 반응도 하지 않았다.

"이런 낭패가!"

설소하는 쓰러진 류시해를 그냥 둘 수 없었다.

물론 그는 모두에게 미움받는 인간이다. 설소하도 그를 그다지 좋아하지 않았다.

이 모든 것은 류시해 본인이 자초한 인과다.

그에게 측은지심이 드는 건 아니었다.

하지만 일단은 동료다.

설소하는 죽어가는 동료를 사적인 감정 때문에 버려둘 수 없었다.

물론 지금 류시해가 정말로 기절한 게 아니고, 속으로 미소 짓고 있다는 것을 알았다면 또 어땠을지는 모를 일이다.

'점점 더 재미있어지잖아.'

류시해는 자신이 짜놓은 판대로 흘러가는 상황이 즐거워 미칠 지경이었다.

애초에 스케라에게 언어맞고 기절한 척한 것도 연기였다.

그는 이 싸움에 끼어들 생각이 없었다.

그렇다고 이렇게 큰 판이 벌어졌는데 나 몰라라 하며 도망가면 이번에야말로 비욘더 길드 측에서 불호령이 떨어질 것이 분명했다.

해서 스케라 한 마리를 염력으로 조종했다. 그리고 치명상을 입은 척 기절하는 쪽을 택한 것이다.

스케라들은 류시해를 절대 공격하지 않을 테니 말이다.

왜?

데스페라도들이 스케라로 변할 수 있도록 약을 건네준 것이 류시해 본인이기 때문이다.

그는 비욘더를 끌어 안은 정부와 레지스탕스 사이의 갈등이 더욱 깊어지길 바랐다.

류시해는 비욘더의 편도, 레지스탕스의 편도 아니었다.

그가 모시는 사람은 단 한 명.

2년 전, 던전을 돌다가 우연히 마주한 붉은 눈동자의 주인.

'이제 그대가 원하시는 세상이 될 겁니다. 자이렉스 님이시여.'

페라모사의 우두머리 자이렉스였다.

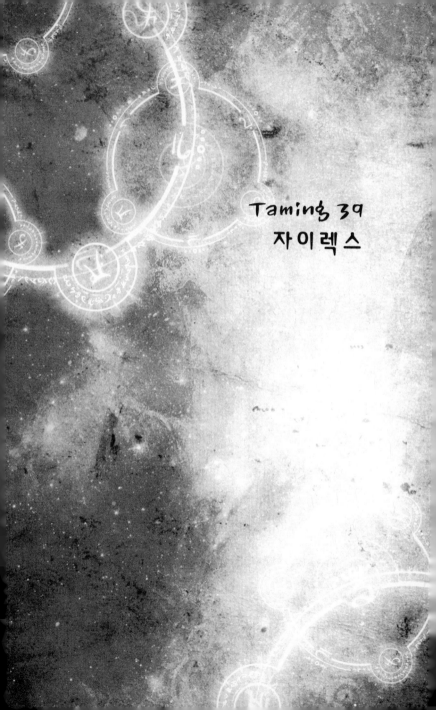

Taming 39
자이렉스

어느 곳이든 빛이 있으면 어둠도 있다.

빛은 필연적으로 그림자를 만들어낸다.

그리고 그 그림자 안에 숨어 갖은 악행을 저지르는 이들 역시 어느 곳에나 존재하는 법이다.

아진이 10년의 세월을 보낸 에스테리앙 대륙 역시 마찬가지였다.

이곳에 드리워진 어둠은 지구의 어둠보다 몇 배나 더 칠흑같았다.

오래전부터 마법 문명을 발달시켜 왔고, 유사 인종, 몬스터가 뒤섞여 사는 세상인 만큼 지구의 사람들로서는 상상도 못

할 일들이 종종 일어나는 곳이 에스테리앙이었다.

마법의 힘을 사리사욕을 채우는 데만 사용하다가 세상을 자신의 손아귀에 넣으려 했던 미친 마법사가 나타나는가 하면, 마왕을 부활시켜 세계에 멸망을 가져오려는 정신병자들도 가득했다.

페라모사도 그들처럼 세상을 살아가는 이들에게 좋지 않은 영향을 끼치는 집단 중 하나였다.

페라모사의 리더 자이렉스는 본디 왕실마법사였다.

그것도 아주 유능한 마법사였다. 이면세상의 전장을 전개하는 필드 마법을 만들어낸 이도 그였다.

하지만 그는 어느 날 자취를 감췄다.

그로부터 몇 년 후, 그는 페라모사라는 집단의 리더로서 다시금 모습을 드러냈다.

세상을 자신의 손아귀에 넣고 싶은 욕심이 그를 악의 화신으로 만들었다.

물론 자이렉스가 아무리 유능한 마법사라 하더라도 그것은 혼자 힘으로는 불가능했다.

그를 따를 수족 같은 용사들이 필요했다.

하지만 반역이나 다름없는 자이렉스의 뜻에 동참할 이들을 그다지 많지 않았다.

그래서 자이렉스는 어둠의 세력들을 하나둘 흡수하기 시작했다.

어차피 어둠에 몸담고 살아가는 이들은 무법 사회를 바란다. 약육강식의 세상을 도래시키는 것이 그들이 원하는 일이다.

당시 대륙 최강의 마법사라 불리던 자이렉스에게 어둠의 조직 몇 개쯤 짓밟아 굴복시키는 건 일도 아니었다.

자이렉스는 이름이 제법 굵직한 세력들만 찾아갔다.

페르센, 라그타이론, 모-레그낭, 사일리아.

네 개 조직은 에스테리앙 전 대륙에 세력을 두고 있는 거대 단체였다.

온갖 불법적인 일을 자행하며 세를 불린 이들은 초반엔 서로를 잡아먹기 위해 이를 드러내고 싸웠다.

하나 나중에는 대륙의 밤을 공평하게 나눠 갖기로 하고 불가침 영역을 정해 공생해 나갔다.

자이렉스는 힘을 보여주고, 앞으로의 미래를 제시함으로써 이 네 개의 조직을 자신의 발아래 굴복시켰다.

그리고 각 조직의 앞글자만을 따서 페라모사라는 세력을 만들었다.

자이렉스가 그들과 함께 처음으로 해나간 일은 은밀히 키메라를 만드는 작업이었다.

몬스터와 몬스터의 유전인자를 강제 배합해 만든 전혀 새로운 종인 동시에, 자신을 만들어낸 인간에게 절대 복종하는 새로운 생명체.

그것이 키메라였다.

왜 키메라를 만들어냈는가?

자이렉스가 가장 매력적이라고 생각한, 그리고 대륙의 패권을 쥐기 위해 필요한 존재가 테이머라 확신했기 때문이다.

테이머들은 몬스터들을 길들인다.

레벨이 높은 테이머일수록 길들일 수 있는 몬스터의 수준도, 머릿수도 많아진다.

때문에 테이머들은 일당백의 힘을 능히 발휘할 수 있는 이들이다.

자이렉스는 바로 이 테이머 군단을 손에 넣고 싶었다.

하지만 아무나 테이머의 능력을 가질 수는 없었다.

해서, 생각을 뒤집었다.

몬스터를 길들일 수 있는 사람을 만들지 말고, 사람에게 길들여지는 몬스터를 만들어내면 어떨까?

그러자 문제는 쉽게 해결되었다.

키메라들의 유전인자를 섞어 새로운 생명을 창조할 때 정신 지배 마법진을 몸속에 그려 넣었다.

그렇게 만들어진 키메라들이 눈을 떴을 때, 몸속에다 마나를 흘려 넣어 마법진이 발동되면 가장 처음으로 본 이에게 복종을 하게 된다.

이런 방법으로 키메라를 수십 마리씩 거느리는 '키메라 테이머'들이 탄생하게 되었다.

자이렉스가 그토록 원했던 테이머 군단이 인공적으로 탄생하게 된 것이다.

하지만 자이렉스의 욕심은 거기에서 그치지 않았다.

그는 계속해서 몬스터들을 포획했고 테이머 군단의 수를 늘려 나갔다.

페라모사의 덩치는 꾸준히, 빠르게 거대해졌다.

그러나 아무리 페라모사의 힘을 키워 나가도 그의 이상을 실현시키기에는 터무니없이 부족하기만 했다.

자이렉스가 상대해야 하는 건 에스테리앙 대륙 그 자체라 해도 무리가 아니었다.

전 인류와 전쟁을 벌이는 일이다.

그러니 만반의 준비를 갖춘다는 것이 쉬운 게 아니었다.

앞으로 수십 년은 더 음지에서 힘을 키워야 했다.

그거야 크게 문제 될 게 없었다.

자이렉스의 꿈을 이룰 수 있다면 수십 년의 준비 기간이 아깝지 않았다.

하나 자이렉스는 이미 그때 쉰을 넘긴 나이였다.

아무리 대단한 마법사라 하더라도 자연의 섭리와 세월의 흐름을 거스를 순 없었다.

그의 몸은 정해진 수순에 따라 약해지고 있었다.

젊음을 되찾기 위해 별의별 방법을 다 찾아서 시도해 봤다.

마법의 힘을 빌려 불사의 육신을 얻으려고도 했다.

그러나 부질없는 짓이었다.

이대로 자신의 꿈을 후대에게 넘겨야 하는 건가 좌절하던 무렵.

자이렉스는 100년 전, 자신처럼 불사의 존재가 되기를 원했던 마법사 '바르바시모'의 무덤을 찾게 된다.

바르바시모는 한 시대를 풍미했던 대단한 마법사였다.

비록 불사의 육신을 얻지 못한 채 무덤에 잠들었지만, 근접한 경지까지는 다가갔었다는 얘기가 지금도 전해져 내려온다.

해서 자이렉스는 바르바시모의 고서를 얻으려 했다.

그건 쉬운 일이 아니었다.

바르바시모는 죽음의 위기를 느낄 무렵, 살아생전 모든 연구 결과물을 스스로 만든 지하 던전에 숨겨놓았다.

그런데 이 던전의 규모가 어마어마했다.

입구에 발을 들여놓는 순간부터 정신을 쏙 빼놓는 미로길이 이어졌고, 곳곳에 마법 트랩들이 가득했다.

때문에 바르바시모를 능가하는 마법사가 나타나기 전까지 그의 던전을 공략하기란 힘든 일이었다.

그런데 자이렉스는 바르바시모를 능가했다.

그는 바르바시모의 던전을 털었고, 그가 숨겨놓은 모든 연구 결과물을 취했다.

거기엔 자이렉스가 원했던 고서도 존재했다.

하지만 세간에 알려진 것과 달리 바르바시모는 불사의 육신에 근접하기는커녕 근처에도 가지 못한 상황이었다.

또다시 좌절감을 맛보던 자이렉스의 눈에 바르바시모의 다른 연구 결과물이 들어왔다.

그것은 오래전부터 금기시되어 오던 차원이동마법에 관한 것이었다.

놀랍게도 차원이동마법은 자이렉스가 만든 필드 마법과 많은 부분이 닮아 있었다.

안타깝게도 바르바시모는 이 차원이동마법을 완성하기 직전 숨이 끊어진 듯했다.

자이렉스는 그의 연구 과정을 이어받아 자신의 필드 마법과 조합해 몇 년간 연구한 끝에 드디어 차원이동마법을 완성시켰다.

하지만 아직 완벽한 건 이론뿐이었다.

항상 실전에서는 이론상 발견하지 못했던 문제가 나타나곤 하는 법이다.

차원이동마법을 시전하기 위해서는 9클래스급의 마력이 필요했다.

자이렉스는 9클래스 마법사였다.

한마디로 그의 모든 마력을 전부 쏟아부어야 한다는 얘기다.

9클래스 마법에 마나를 모두 소진해 버리면 다시 마나가 가득 차오르기까지 꼬박 하루가 걸린다.

즉, 차원이동마법은 하루에 한 번 이상 시전할 수가 없다는 뜻이다.

그리고 한 가지 더 차원이동마법을 시전하기 위한 중요한 재료가 있었다.

바로 사람의 목숨이었다.

차원이동마법은 한 사람의 생명을 대가로 희생해야만 시전이 가능했다.

자이렉스는 그때부터 거리의 부랑자나 버려진 고아들을 페라모사로 데려와서 사육장에서 사육했다.

그러다 재료가 필요할 때마다 하나씩 꺼내 썼다.

자이렉스가 예상했던 대로 차원이동마법은 완벽했던 이론과 달리 미처 예상 못했던 변수가 일어남으로써 시전에 난항을 겪었다.

한 달 보름이 지나가는 동안 딱 그만큼의 무고한 사람의 목숨이 희생되었다.

그러는 사이 자이렉스는 차원이동마법의 오류를 완벽하게 잡아냈다.

비로소 차원이동마법이 제대로 시전되었다.

비록 다른 차원의 모습을 일부만 볼 수 있을 만큼 작은 구멍 하나가 열린 것뿐이었지만 말이다.

자이렉스는 그 구멍을 통해 다른 세상들을 관찰했다.

그리고 에스테리앙 대륙과 비슷한 환경을 조성하고 있으면서 가장 나약한 종족들이 사는 곳을 찾았다.

자이렉스의 마음이 머문 곳은 바로 지구였다.

자이렉스는 지구를 타깃으로 잡고 계속해서 차원이동마법을 발전시켜 나갔다.

그 결과 몇 년이 지난 후엔 지구의 땅속에 거대한 동굴 형태의 차원 통로를 만들어내는 데 성공하게 된다.

이때, 지구는 여태껏 없었던 마법 에너지를 받아들이게 된다.

새로운 형태의 에너지는 지구 전체에 영향을 미치는 큰 쇼크 웨이브를 일으켰다.

그동안 지구가 지켜왔던 고유의 법칙이 깨져 버린 것이다.

이때 일어난 에너지 파장의 폭발을 지구인들은 디멘션 임팩트라 불리었다.

마법이라는 다른 세상의 법칙을 받아들이면서 일어난 쇼크 웨이브는 사람들의 잠재 능력을 일깨웠고 그들을 비욘더로 각성하게 만들었다.

한마디로 지구에서 벌어진 이해할 수 없는 이 모든 현상들이 자이렉스 한 사람의 소행이었다.

그럼 왜 자이렉스는 차원이동마법을 연구한 것인가?

에스테리앙을 지배할 수 없다면 다른 행성의 지배자가 되리라는 것이 그의 저의였다.

에스테리앙 대륙을 지배하기 위해서는 지금의 전력으로는

택도 없었다.

그러나 지구라면 가능할 것이라 여겼다.

물론 지구는 마법 문명이 없는 대신 기계 문명이 발달해 있었다.

해서 자이렉스는 지구를 간보기로 했다.

차원이동마법을 업그레이드시켜 한 번의 시전으로 최소 10개부터 최대 20개까지의 차원이동통로가 랜덤으로 열리게 만들었다.

사실 늘 20개의 차원이동통로가 열리도록 만들고 싶었으나, 해결 못 한 오류가 있어 그것이 불가능했다.

하지만 이 정도만 해도 자이렉스에게는 커다란 성공이었다.

거기에 하나 더, 차워이동마법을 시전할 때 몬스터들을 함께 지구로 넘어가도록 만들었다.

그때부터 차원이동통로가 지구의 땅속에서 동시다발적으로 열렸고, 그 안에서 몬스터가 튀어나오기 시작한 것이다.

지구인들은 이 차원이동통로를 던전이라 불렀다.

자이렉스는 낮은 레벨의 몬스터부터 지구에 보내면서 차차 레벨을 올려가며 어찌 대응하는지 지켜봤다.

자이렉스의 생각보다 지구인들은 잘 버텼고, 그러는 와중 어떤 이유에서인지 마법의 힘까지 사용하는 인간들이 나타났다.

몬스터들의 레벨이 높아질수록 지구인들이 만들어낸 화기

류와 생화학 무기류는 아무런 소용이 없었다.

하지만 잠재 능력을 각성한 지구인들은 몬스터와 곧잘 맞서 싸웠다.

하나 거기까지였다.

자이렉스가 준비하고 있는 테이머 군단을 한 번에 끌고 가면 결코 지지 않을 것이란 판단이 섰다.

문제는 그 인원을 한 번에 이동시킬 수 있을 만큼 차원이동마법을 업그레이드시키지 못했다는 것이다.

아울러 차원이동마법 시전 시 지구로 보낸 몬스터들의 40퍼센트 정도가 소실되고 있었다.

이 문제를 해결하지 않으면 테이머 군단을 차원이동으로 지구에 보내며 엄청난 전력의 손실을 감수해야 했다.

때문에 자이렉스는 조금씩 공식을 바꾼 차원이동마법을 날마다 시전했다.

덕분에 몬스터의 손실률은 계속해서 줄어들었다.

그러던 어느 날.

차원이동통로 안의 상황을 살피던 자이렉스는 기이한 기운을 풍기는 인간과 조우하게 되었다.

자이렉스는 그에게 자신의 존재를 드러냈다.

하지만 그는 놀라지 않았고 오히려 흥미롭다는 시선을 보냈다.

'광기에 가득 찬 눈이다. 아주 좋은 눈이야.'

자이렉스는 그가 자신의 뜻을 알아줄 것이라 확신하고서 텔레파시 마법을 시전해, 언어가 아닌 정신으로 대화를 주고받았다.

역시나 그는 자이렉스의 얘기를 전부 듣고 난 뒤 완전히 매료되어 충심을 다할 것을 맹세했다.

자이렉스는 만족스럽게 고개를 끄덕이며 자신의 붉은 눈동자에 그의 모습을 가득 담았다.

"내 손을 잡은 것을 환영한다, 류시해여."

그것이 류시해와 자이렉스의 첫 만남이었다.

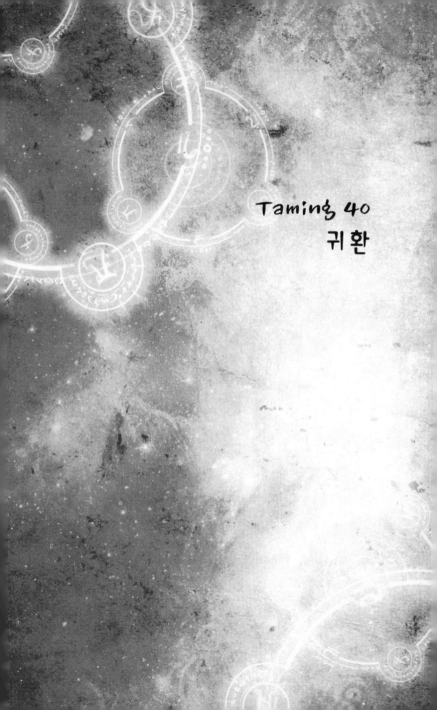

Taming 40
귀환

　비욘더 길드에서 이환이 쏘아 올린 블랙 윙을 통해 상황을
모니터링 하던 차서린이 분노로 몸을 떨었다.

　"뭐야, 저것들?"

　처음 레지스탕스 소속 데스페라도들이 비욘더를 습격했을
때만 해도 이것들이 미쳤다고 생각하는 것에 그쳤다.

　필드가 전개되었다는 소식은 전국의 모든 비욘더들에게 전
달되었고, 연락을 받은 다른 비욘더들이 속속들이 현장에 집
결하는 중이었다.

　그러니 1시간 정도만 버텨주면 비욘더들의 수적 열세는 사
라질 테고 상황은 바로 뒤집힐 터였다.

루아진의 사천사가 비욘더의 편에 서서 싸우니 수적 열세도 큰 약점이 되지는 않았다.

상황은 그저 무난하게 진행되고 있었다.

이대로 싸움에서 승리한다면 비욘더 길드의 입장에서는 많은 것을 취할 수 있게 된다.

데스페라도들이 아무런 이유도 없이 비욘더들을 습격한 것을 빌미로 레지스탕스에게 여러 가지 압박을 가할 수 있기 때문이다.

레지스탕스는 현재로선 정부의 비호 아래 있는 비욘더 길드와 정면 격돌을 원치 않는다.

때문에 이번 같은 대사건은 그들의 발목을 잡기에 딱 좋은 구실이 된다.

정부와 비욘더 길드는 레지스탕스를 상대로 '너희들이 명백하게 잘못한 것이 있으니, 전쟁을 원치 않는다면 우리 요구 몇 가지를 들어줘라'는 식으로 나갈 수 있다.

물론 레지스탕스는 군말 없이 이를 들어줘야 할 것이다.

한데 그건 이번 전쟁에서 비욘더들의 희생이 거의 없을 때 가능한 얘기다.

"대체 뭐야?"

차서린은 미간을 잔뜩 찌푸린 채 씹어 뱉듯 중얼거렸다.

수세에 몰리던 데스페라도들이 알약 같은 것을 씹어 삼키더니 동시에 몬스터로 변했다.

그것도 4레벨 몬스터 스케라로!

게다가 육진걸은 스케라 퀸이 되었다.

도저히 가만히 두고 보고만 있을 판이 아니었다.

차서린은 전국에 다시 한 번 긴급 소집 명령을 내렸다.

그리고 현 상황을 빠르게 상부에 보고했다.

상부에서도 사태의 심각함을 인지하여, 전국의 비욘더들에게 춘천으로 집결하라는 콜을 계속해서 때렸다.

모니터 속 비욘더들은 스케라들을 상대로 고전을 면치 못했다.

류시해가 가장 먼저 쓰러졌고, 뒤를 이어 다른 비욘더들도 크고 작은 상처를 입기 시작했다.

스케라 퀸은 사천사를 상대로 싸우는 중이었다.

하지만 이미 오래전부터 힘을 소모해 온 사천사가 먼저 당할 것은 불 보듯 뻔한 일이다.

차서린은 결국 길드를 나섰다.

춘천 지부 소속 비욘더들이 전부 죽어나갈지도 모르는 상황에 자기만 편히 앉아 있을 순 없는 일이었다.

어떻게든 도움이 되어야 했다.

바아아아앙—!

그녀의 붉은 스포츠카가 시끄러운 엔진 소리를 내며 빠르게 출발했다.

　　　　　*　　　　　*　　　　　*

　난전이 벌어지고 있었다.

　스케라들은 팔이 잘리고 다리뼈가 부러져도 계속해서 달려들었다.

　애초에 고통이라는 걸 모르는 족속들이다.

　스케라들은 머리부터 발끝까지 새하얀 뼈로만 이루어진 몬스터다.

　뼈에는 신경이 없다.

　그러니 고통 역시 느낄 수가 없었다.

　그들이 비욘더에게 얻어맞을 때 내는 비명은 고통에서 기인한 것이 아니다.

　분노에서 터져 나오는 것이다.

　"카라락!"

　"흠!"

　설소하는 스케라 한 마리와 5분이 넘도록 매서운 공방전을 벌이는 중이었다.

　설소하는 5클래스 센서블 비욘더다.

　얼마 전까지는 4클래스였으나 최근 한 단계 업그레이드되었다.

　그럼에도 그는 스케라 한 마리를 손쉽게 해치우지 못했다.

　그만큼 7성에 다다른 스케라는 강했다.

하지만 설소하 역시 스케라에게 당하는 일은 없었다.

설소하가 괜히 100인의 비욘더 중 한 명으로 이름을 올리고 있는 게 아니다.

설소하는 스케라의 날카로운 공격들을 모두 피하거나 바람의 칼날로 쳐냈다.

그러면서도 꾸준히 스케라의 몸 구석구석을 두들겨 댔다.

그 결과, 드디어 효과가 나타났다.

"카라락!"

스케라가 설소하의 옆구리를 노리며 주먹을 휘둘렀다.

"어딜!"

설소하의 쇠부채가 전광석화처럼 허공을 그었다.

순간적으로 형성된 바람의 칼날이 스케라의 손목을 후려쳤다.

그런데.

뎅강!

녀석의 손목이 깔끔하게 잘려 나갔다.

지금껏 두들겨 맞으며 쌓인 대미지가 결국 먹힌 것이다.

물론 고통을 모르는 스케라이기에 손 하나 잘린 것쯤 아랑곳 않고 반대쪽 손으로 설소하를 공격하려 했다.

하지만 이제 승기는 확실히 설소하에게 있었다.

그런 평범한 공격에 당할 일이 아니었다.

"어림없는 짓!"

설소하의 손에 들린 쇠부채가 다시 한 번 휘둘러졌다.

쇠부채가 지나간 궤적을 따라 십수 개의 칼바람이 일었다. 그것은 스케라의 전신을 두들겼다.

콰가각! 카칵!

"카라라라락!"

결국 스케라는 토막 난 뼛조각이 되어 그 자리에 우르르 허물어졌다.

"후우."

설소하가 땀을 닦으며 기절한 류시해를 슥 바라봤다.

일단 힐링 포션과 해독 포션을 먹였으니 당장은 아무 일이 없을 터였다.

이미 스케라에게 찔린 상처는 아물었고, 몸에 스며든 시독(屍毒) 역시 해독 포션으로 정화해 곪거나 멍이 들어가는 곳도 없었다.

그때 설소하의 곁으로 이환이 다가왔다.

"류시해는 어떻죠?"

"위기는 넘겼으나 기절한 사람을 보호하며 싸움에 임한다는 것이 쉬운 일은 아니오."

"저도 돕겠어요."

"환 낭자께서 도와주신다면 더할 나위 없을 것이외다."

설소하가 감사를 표하며 이환의 몸을 위아래로 슥 훑었다.

순간이었지만 이환은 설소하에게서 위화감을 느꼈다. 더불어 그의 시선이 불결하다고 생각했다.

하지만 설소하는 그런 사람이 아니라는 것을 잘 아는 이환인지라 그저 착각이겠거니 하고 여겼다.

실제로 설소하도 더 이상 이환을 보고 있지 않았다.

하지만 설소하의 속 얘기를 들었다면 이환은 기겁했을 것이다.

'기회만 된다면 한번 올라타고 싶……'

퍽!

설소하가 쇠부채로 자신의 뒤통수를 퍽! 때렸다.

그러고서는 고개를 절레절레 저었다.

"이거야 원… 갈수록 시도 때도 없이 나타나려 하는군."

설소하가 지끈거리는 관좌놀이를 한 손으로 꾹 눌렀다.

한데 그때 설소하의 머릿속에서 또 다른 의지가 말을 걸어왔다.

'점점 더 너는 나를 컨트롤하기 힘들어질 거야.'

그에 설소하가 적잖이 놀라 눈을 흡떴다.

'네 이놈! 감히 누굴 희롱하려 드느냐! 어서 다시 얌전히 잠들거라!'

설소하는 속으로 버럭 호통을 쳤다.

그러나 또 다른 의지는 전처럼 쉽게 잠들지 않았다.

'이것 봐, 청학동 도련님. 내 말을 이해 못 한 거야? 나는 이제 네 힘으로 짓누를 수 없다니까? 지금까지는 네가 깨어 있고 내가 잠들어 있는 시간이 대부분이었으나 그 사이클은 곧 바뀔 거라고. 왜? 그게 옳은 일이니까. 너를 위해서도. 일그러 진 이 세상을 위해서도. 너도 이미 알고 있잖아?'

설소하에게 계속해서 말을 걸고 있는 의지.

그것은 설소하의 또 다른 인격이었다.

설소하, 그는 이중인격을 가진 사람이었다.

하나는 올곧고 바르기 그지없는 모범적 인간의 인격이었고, 다른 하나는 욕망에 따라 움직이는 인격이었다.

태어나면서부터 그가 이중인격이었던 것은 아니었다.

그건 자라나며 후천적으로 만들어진 인격이었다.

그 인격이 왜 만들어진 것인지 설소하는 기억하지 못한다.

중요한 건 언젠가부터 그 다른 인격이 점점 자주 깨어나기 시작했고, 나중에는 설소하가 잠들었을 때 그의 몸을 지배하는 경우도 종종 생겨났다는 것이다.

설소하는 자신의 의식이 깊은 수면에 빠졌을 때 또 다른 인격이 자신의 몸으로 무슨 짓을 했는지 알 길이 없었다.

그는 자기 방에서 푹 잤다고 생각했는데 정신을 차려보면 던전에서 몬스터를 사냥하거나, 어딘지 모를 장소를 헤매고 다닐 때가 종종 있었다.

그건 모두 또 다른 인격의 소행이었다.

이 다른 인격은 처음엔 그저 설소하의 머릿속에서 짧게 한두 마디를 건네다가 설소하가 제지하면 그대로 다시 잠들었다.

근데 그것이 나중에는 잠들었을 때 몸을 빼앗았고, 요즘에는 깨어 있을 때도 설소하의 몸을 지배하려 들었다.

그때마다 설소하는 쇠부채로 뒤통수를 세게 때려 그 인격을 쫓아 보냈다.

오늘도 그렇게 하면 이 인격이 잠들 것이라 생각했다.

그런데 아니었다.

다른 인격은 잠들지 않고 계속해서 설소하에게 말을 걸어 왔다.

'주도권을 넘겨라.'

'헛소리하지 말라!'

'약해빠진 네가 이 상황을 무사히 넘길 수 있을 것 같아? 그건 착각이야. 네가 죽으면 나도 죽는 거라고. 그런 식으로 개죽음 당하기는 싫은데, 그냥 내 말에 따라주면 어떨까? 응?'

'죽지 않는다!'

그때 스케라 한 마리가 설소하에게 달려들었다.

"카라락!"

스케라의 손톱이 뱀의 아가리처럼 매섭게 달려들어 설소하의 가슴을 후벼 파려 했다.

"흠!"

설소하가 침착하게 대응하며 쇠부채로 스케라의 손등을 탁 쳐내려 했다.

그런데 그때.

'음?!'

설소하의 몸이 의지를 벗어나 스케라의 팔목을 손으로 와락! 움켜쥐었다.

스케라는 그 무식한 힘에도 불구하고 설소하에게 완전히 제압당해 옴짝달싹하지 못했다.

스케라가 반대쪽 주먹을 뻗었다.

하나, 그것 역시 설소하에게 잡혔다.

'이게 무슨!'

설소하가 경악하는 사이, 그의 입꼬리가 씩 말려 올라갔다.

"잘 봐, 약해 빠진 청학동 도련님."

설소하는 자신의 몸을 또 다른 인격에게 빼앗겨 버렸다.

"나 설소천의 힘을."

또 다른 인격은 스스로를 설소천이라 불렀다.

몸의 주도권을 가져온 설소천이 스케라의 손목을 더욱 강하게 그러쥐었다.

빠드득!

그러자 스케라의 뼈가 악력을 견디지 못하고 그대로 부러졌다.

"카라라락!"

스케라는 날카로운 이빨을 드러내며 설소하의 어깨를 물어뜯으려 했다.

그런 녀석의 입으로 설소하가 주먹을 내질렀다.

콰지끈!

마치 섬광이 스케라의 머리통을 관통한 것 같은 스피드였다.

스케라는 비명도 지르지 못한 채 머리가 산산조각 나 털썩 쓰러졌다.

"이것 봐. 이 몸에 있는 진정한 힘을 사용하지도 못하면서 꼴값 떨지 말라고."

지금까지의 설소하가 보여주었던 것과는 너무 다른 공격법이었다.

그는 바람의 힘을 이용해 적을 상대해 왔다.

그런데 설소천은 육신의 힘만으로 스케라를 제압했다.

그것도 설소하가 겨우겨우 잡아냈던 7성 스케라를!

"으윽!"

육신의 주도권을 다시 돌려받은 설소하가 머리를 움켜쥐고 비틀거렸다.

그런 설소하를 설소천이 비웃었다.

'또다시 낯부끄러운 짓 당하기 전에 주도권을 넘겨. 네 스스로 쪽팔리지 않을 기회를 주는 거야.'

설소하는 두통에 시달리면서도 최대한 냉정을 찾으려 노력하며 대답했다.

"우, 웃기지 마. 네 녀석은 지금 내 몸을 잠시 잠깐밖에 다스리지 못한다. 그래서 이런 쇼를 한 것이야. 원하면 언제든 육신을 빼앗을 수 있는 것처럼! 그래놓고 날 면박 준 이후 자연스레 주도권을 넘겨받을 생각인 게지!"

'푸후후. 확실히 똑똑하긴 해. 그래, 네 말이 맞아. 난 쇼를 했어. 그래서? 뭐가 달라지지? 너보단 내가 싸우는 게 살아남을 확률이 높다는 건 변하지 않잖아?'

그건 설소하도 알고 있다.

다만, 설소천에게 몸을 넘겨주었을 때, 그가 과연 전장의 몬스터들을 정리하고 얌전히 있을지가 문제였다.

또 무슨 이상한 짓을 저지를지 알 수 없었다.

아니, 주도권을 쥐게 되는 순간 전장에서 이탈할지도 모를 일이었다.

그래서 설소하는 설소천에게 몸을 넘기지 않으려 했다.

"이 전쟁은… 내가 끝낼 것이다."

'답답하기는. 넌 네 육신의 능력이 뭔지도 제대로 모르잖아. 뭐? 센서블 비욘더? 바람의 힘을 다뤄? 웃기고 있네. 너는 피지컬 비욘더야. 그것도 엄청난 괴력을 지닌!'

"……."

'네가 네 몸의 한계를 인지 못 하고 있을 뿐이지. 네가 쇠부채를 휘둘러 바람의 칼날을 일으키는 건, 센서블 비욘더이기 때문이 아니야. 엄청난 힘과 스피드로 쇠부채를 휘두르니 거기에서 파생된 작은 소닉붐이 상대방을 찢어발기는 거지. 육신을 고작 팔을 휘두르는 것만으로 소닉붐을 만들어내다니?

이 얼마나 대단한 육신이야! 그러니 그 육신의 진가를 알아주는 내게 그만 주도권을 넘겨.'

"그럴 수 없다."

'어차피 넌 네 힘을 제대로 사용하지 못해. 힘의 근원과 본질에 대해서 알았다고 해도 머리로 이해한 것일 뿐. 네 것으로 체득하는 데엔 오랜 시간이 걸려. 그러니까……'

"무슨 말을 해도 달라질 건 없으니 그 입 다물라!"

설소하가 노성을 터뜨렸다.

'지금 네 결정이 얼마나 멍청한 짓이었는지 죽음을 목전에 두고서야 후회하게 될 거야.'

설소천이 입을 다물었다.

설소하는 야차 같은 얼굴을 하고서 거친 숨을 내쉬었다.

그 광경을 지켜보던 이환이 다가가 물었다.

"괜찮으세요?"

"아… 환 낭자. 괜찮소."

"안색이 안 좋아요. 게다가 혼잣말을 많이 하시는 것 같던데요."

"그, 그냥 조금 피곤해서 그런 것이니 신경 쓸 것 없소."

"…알겠어요. 도움이 필요하면 언제든 말씀하세요."

"그리하겠소."

이환은 설소하의 말을 믿는 척했지만 내심은 달랐다.

갑자기 다른 사람처럼 변했다가, 그다음엔 이상한 혼잣말

을 내뱉더니 지금은 피곤에 찌들어 헐떡대는 모양새가 피곤하
다는 핑계로 이해될 리 만무했다.

'뭔가가 있어.'

이환은 설소하를 예의 주시하면서 스케라를 상대해 나갔
다.

다른 비욘더들 역시 스케라와 혈전을 치르는 중이었다.

레벨이 낮은 비욘더들은 7성 스케라를 상대로 더는 버티기
가 힘든 지경이 되었다.

푸욱!

"악!"

콰드득!

"끄으으!"

여기저기서 살이 뚫리고 뼈가 부러지는 소리가 들려왔다.

치명상을 입고 전투 불능 상태에 빠지는 비욘더가 하나둘
생겨나기 시작했다.

고레벨의 비욘더들이 저레벨 비욘더들을 지켜주려 애썼지
만 그것도 한계가 있었다.

결국.

쩌저적!

"……!"

소름 끼치는 소리와 함께 비욘더 한 명의 몸이 갈기갈기 찢
겨 죽음을 맞았다.

그것이 시작이었다.

콰직!

퍼걱!

"끄아악!"

"으악!"

비욘더들이 스케라에게 속수무책으로 당하며 죽음의 문턱을 밟았다.

수적으로도, 실력으로도 완벽한 열세였다.

그나마 사천사가 스케라 퀸을 막아주고 있었기에 이 정도였다.

만약 사천사가 없었다면 진작에 전멸당했을 것이다.

"젠장! 지원군은 언제 도착하는 거야!"

어지간하면 욕을 하지 않는 남지혁이 답답함에 소리쳤다.

그런 남지혁의 뒤로 스케라 한 마리가 유령처럼 다가왔다. 남지혁이 섬뜩함을 느끼며 뒤돌아서려 했을 땐, 이미 늦었다. 스케라의 주먹이 대포알처럼 쏟아지고 있었다.

그대로 있다가는 머리통이 박살 날 상황!

콰앙!

"카라락!"

절체절명의 순간, 스케라의 머리에서 폭발이 일었다.

스케라는 주먹을 휘두르던 자세 그대로 나자빠졌다.

"정신 똑바로 차려!"

걸걸한 음성으로 고함을 치는 이는 다름 아닌 강철수였다.

그가 다시 일어서려는 스케라를 깔고 앉은 뒤, 두 주먹을 계속 휘둘렀다.

쾅쾅쾅쾅쾅쾅!

주먹이 스케라의 얼굴을 두들길 때마다 불덩이가 일어 강력한 폭발을 일으켰다.

한곳에만 계속해서 집중된 연발 공격은 스케라에게 강력한 대미지를 주었고 결국.

콰아앙!

퍼석!

머리뼈를 바스러뜨렸다.

머리가 날아간 스케라는 몸을 파르르 떨고서 축 처졌다.

"처, 철수 형님. 감사합니다."

짜악!

고마움을 표하는 남지혁에게 강철수가 뺨을 후려쳤다.

"윽!"

남지혁이 언어맞은 뺨을 움켜쥐고 비틀거렸다.

강철수는 그런 남지혁의 멱을 틀어잡더니 이를 빠드득 갈았다.

"정신 똑바로 차려. 지원군이 왜 안 오냐고 불평할 시간에 한 놈이라도 더 죽여. 조금이라도 집중 안 하면 그 순간 네 머리가 바닥을 굴러다닐 거다. 알겠냐?"

"네… 네."

강철수가 남지혁을 밀어내고 다른 스케라에게 달려갔다.

남지혁도 정신을 집중해서 싸움에 임했다.

강철수의 도움이 없었다면 그는 이미 죽은 목숨이었다. 운이 좋았다. 하지만 다들 남지혁처럼 운이 좋은 건 아니었다.

갈수록 죽어 넘어지는 비욘더의 수가 늘어났다.

그에 반해 시체가 된 스케라는 여섯이 전부였다.

설소하가 둘, 강철수가 하나, 한규설이 셋. 그 외엔 아무도 스케라를 잡아내지 못했다.

아직도 남아 있는 스케라는 스케라 퀸을 포함, 열넷이나 됐다.

비욘더는 살아남은 이의 수와 죽은 이의 수가 비슷했다.

다들 절망에 빠져 전의가 사라져 갈 무렵.

빠아앙―!

시끄러운 클랙슨을 울리며 붉은 스포츠카 한 대가 전장으로 달려왔다.

콰아앙!

스포츠카는 스케라 한 마리를 그대로 들이박고서 멈춰 섰다.

운적석이 열리며 모습을 드러낸 이는 비욘더 길드 춘천 지부 마스터, 차서린이었다.

"마스터 차!"

"서린 씨!"

"마스터가 왔다!"

차서린의 등장에 여기저기서 환호하는 음성이 들려왔다.

차서린은 검은 치마 정장 차림에 구두를 신고 있었다.

전장과는 맞지 않는 차림이었으나 워낙 급하게 오느라고 그런 걸 신경 쓸 새가 없었다.

그녀가 짧고 타이트한 치마의 옆 라인을 손으로 북 뜯었다. 검은 스타킹으로 감싼 매끈하고 탄력 있는 허벅지와 힙이 그대로 드러났다. 하지만 조금도 신경 쓰지 않았다.

구두는 두 짝 다 벗어 던졌다.

그러고는 전장을 빠르게 훑었다.

여기저기 싸늘한 시체가 되어 있는 비욘더의 모습이 그녀의 두 눈에 담겼다.

"이런 씨발……."

차서린이 욕을 내뱉었다.

타타탁!

그때 차에 치였던 스케라가 벌떡 일어나 차서린에게 달려들었다.

"카라락!"

스케라가 기성을 토하며 주먹을 뻗었다.

차서린은 녀석을 보지도 않고 발을 쭉 뻗어 올려 그대로 찍었다.

콰직!

차서린을 노리던 스케라의 정수리에 뒤꿈치가 내리꽂혔다.

스케라는 비명도 지르지 못하고서 머리가 뭉개져 죽음을 맞았다.

"감히… 내 비욘더들한테 손을 대?"

스산한 음성으로 말을 하는 차서린의 전신에서 냉기가 풀풀 풍겼다.

그녀가 근처에 있던 다른 스케라에게 달려갔다. 스케라는 3레벨 비욘더를 유린하다가 날카로운 기운을 느끼고서 몸을 빙글 돌렸다.

그 순간 지척에 다다른 차서린이 허공을 짧게 날아 두 발로 놈의 갈비뼈를 연달아 가격했다.

퍼퍼퍼퍼퍽!

"카락!"

스케라는 차서린의 공격을 무시하고 날카로운 손톱을 휘둘렀다.

다섯 손톱엔 모두 지독한 시독이 묻어 있다.

스치기만 해도 상처 부위가 썩어 들어간다.

하지만 스케라의 손톱은 차서린의 몸에 닿지도 못했다. 그녀의 두 발이 찰나지간 양쪽 갈비뼈에 12번 박힌 순간.

퍼걱!

산산조각이 났다.

스케라는 몸이 두 동강 나 바닥에 엎어졌다.

휘두른 손톱은 허공만 갈랐다.

차서린이 스케라의 머리통을 짓밟았다.

그것으로 끝.

비욘더들이 그토록 힘들게 상대하던 스케라 두 마리를 순식간에 처리해 버렸다.

이를 본 다른 비욘더들의 사기가 충천했다.

조금 전까지 전의를 잃었던 이들의 눈에 힘이 들어갔다.

차서린의 등장으로 전장의 분위기는 다시 반전되었다.

스케라 퀸 역시 차서린의 존재감을 느꼈다.

녀석은 사천사와 격돌하던 중 슬쩍 시선을 돌려 차서린의 모습을 확인했다.

그 틈을 놓치지 않고 사천사가 특기인 수 속성 마법을 시전했다.

그녀의 가느라단 손가락이 살짝 튕겨지자 3서클 공격 마법 아쿠아 랜스가 시전됐다.

허공에 물의 창 다섯 개가 나타나더니 스케라 퀸을 향해 날아갔다.

"카라락!"

스케라 퀸이 두 팔을 풍차처럼 휘둘렀다.

그러자 강력한 풍압이 일었다.

물의 창은 풍압에 막혀 힘겨루기를 했고, 사천사는 또 다른 물의 마법을 시전하려 했다.

그때였다.

"크라라라라라라라락!"

스케라 퀸이 전장을 향해 크게 울었다.

그러자 죽어버린 스케라들이 하나둘 다시 일어서기 시작했다.

부서지고 깨진 부위가 거짓말처럼 빠르게 복구되었다.

그 광경을 지켜보던 남지혁이 몸을 부르르 떨었다.

"거짓말이지……?"

차서린의 협력으로 이 싸움에서도 희망이 보이는가 싶었다.

그녀는 전장에 난입하자마자 두 마리의 스케라를 그냥 때려잡았다.

그런데 죽었던 스케라들이 스케라 퀸의 울음 한 번에 다시 일어섰다.

말인즉, 스케라들은 얼마든지 죽음에서 부활할 수 있다는 얘기다.

"희망이 없어."

누군가가 중얼거렸다.

계속해서 살아나는 것들을 무슨 수로 상대한단 말인가?

겨우 반전되었던 분위기가 원래대로 돌아왔다.

손에 잡혔던 희망이 모래알처럼 새어 나갔다.

다들 실의에 빠져 있을 때, 차서린은 빠르게 움직였다.

그녀는 스케라 퀸을 향해 달려갔다.

이를 본 강철수와 한규설, 이환, 설소하도 차서린의 뒤를 따랐다.

그리고 거의 동시에 서른 명의 지원군이 전장에 도착했다.

"나이스 타이밍이다, 새끼들아! 와서 스케라 막아! 우리가 대가리 친다!"

강철수가 기차 화통을 삶아 먹은 것 같은 목소리로 소리쳤다.

그에 빠르게 상황을 파악한 30인의 비욘더들은 차서린 일행에게 달려드는 스케라 무리를 막아섰다.

덕분에 차서린 일행은 스케라 퀸에게 가는 길이 수월해졌다.

지금 스케라 퀸은 사천사와 호각으로 싸우고 있다.

그런 상황에서 비욘더들의 힘이 더해진다면 충분히 놈을 잡을 수 있었다.

차서린 일행은 스케라 퀸의 후방을 잡을 셈이었다.

사천사의 공격을 막아내야 하니 스케라 퀸은 뒤를 신경 쓸 틈이 없다.

스케라 퀸과 비욘더들 간의 거리는 순식간에 좁혀졌다.

이제 동시에 맹공을 퍼부으면 게임은 끝난다.

그런데.

털썩.

갑자기 사천사가 쓰러졌다.

사실 이미 사천사는 얼마 전부터 기력이 다해 있었다.

한데도 스케라 퀸을 잡기 위해 남은 힘을 전부 쥐어짜 내던 중이었다.

버티고 버티던 사천사는 결국 몸에 힘이 빠졌고 집중력이 풀렸다.

그 틈을 놓치지 않은 스케라 퀸이 갈비뼈 하나를 뜯어 사천사의 심장에 날렸다.

사천사는 그것을 막아내지 못했다.

푹!

날카로운 갈비뼈가 사천사의 심장을 꿰뚫었다.

사천사의 하얀 날개가 아래로 축 처졌고, 그녀는 버티지 못한 채 그대로 쓰러진 것이다.

"……!"

예상치 못한 상황에 스케라 퀸의 지척까지 다다랐던 차서린 일행은 적잖이 놀랐다.

스케라 퀸이 빠르게 뒤를 돌았다.

그리고 여러 개의 섬광이 비욘더들을 덮쳤다.

퍼퍼퍼퍼퍼퍽!

"아악!"

"크윽!"

"흡!"

"푸하!"

차서린을 제외한 모든 비욘더들이 스케라 퀸의 공격을 막아내지 못했다. 다들 어딘가를 얻어맞고 뒤로 날아갔다.

차서린은 스케라 퀸의 주먹을 아슬아슬하게 피하고 안쪽으로 파고들었다.

그녀의 주먹이 총알처럼 튀어나갔다.

카앙!

스케라 퀸은 무릎을 들어 그것을 막아냈다.

과연 스케라 퀸은 달랐다.

스케라들을 한 방에 부숴 버리던 차서린의 주먹도 녀석에게는 소용이 없었다.

"카라락!"

스케라 퀸이 반격을 가했다.

음속으로 뻗어 나가는 놈의 주먹을 차서린은 가까스로 흘려보냈다.

한 번, 두 번, 세 번, 네 번, 공격이 이어질수록 차서린은 점점 수세에 몰리는 걸 느꼈다.

그러다 다섯 번째의 주먹이 날아들었을 때.

빽!

"윽!"

결국 차서린은 명치에 크게 한 방을 얻어맞고 뒤로 주르륵 밀려났다.

"쿨럭!"

그녀의 입에서 거친 기침과 함께 피가 튀어나왔다.

차서린이 욱신거리는 명치를 어루만지며 자조적인 미소를 머금었다.

"저 새끼는 못 잡아."

천하의 차서린도 스케라 퀸을 잡을 엄두가 나지 않았다.

스케라 퀸이 빠르게 다가와 한 손으로 차서린의 목을 잡아 들어 올렸다.

"큽!"

차서린은 어마어마한 스케라 퀸의 악력에서 벗어나지 못하고 두 발만 버둥거렸다.

스케라 퀸이 붉은 안광을 빛냈다.

녀석이 다른 손의 손톱을 바짝 세워 차서린의 왼쪽 가슴을 겨눴다.

그대로 심장을 꿰뚫을 셈이었다.

스케라 퀸의 손이 서서히 움직여 차서린의 가슴에 닿았다.

푹.

손톱 끝이 옷을 뚫고 살에 박히며 피가 흘러내렸다.

스케라 퀸은 고통스러워하는 차서린의 표정을 보며 즐거워했다.

그는 천천히 조금씩 차서린의 심장을 뚫어버릴 셈이었다.

그래야 그녀가 끔찍한 고통을 오래도록 느낄테니.

"카라라락!"

스케라 퀸이 손끝에 힘을 주고 더욱 깊이 손가락을 박아 넣으려는 찰나!

화악!

전장의 중앙에 사라졌던 차원의 문이 다시 나타났다.

스케라 퀸이 행동을 멈추고 고개를 돌렸다.

"제발… 제발……."

스케라에게 치명상을 입은 채 공포에 질려 있던 비욘더 중 한 명이 차원의 문을 보며 중얼댔다.

저 안에서 나오는 사람은 반드시 루아진이어야 했다.

만약 그가 죽었다면 루아진 대신 몬스터 군단이 튀어나올 테니 말이다.

스케라들만 해도 답이 안 나오는데 몬스터가 더 추가된다면 그건 그야말로 지옥이었다.

모두의 이목이 차원의 문에 집중되었고, 거기서 걸어 나온 건.

"뀨웃!"

"라라랑~!"

"듀라라라!"

수십 마리의 몬스터 군단이었다.

게다가 퀸이 무려 다섯 마리나 됐다.

비욘더들의 얼굴이 절망으로 물든 그때.

"웃차. 안 나온 녀석들 없지?"

아진이 마지막으로 차원의 문에서 나왔다.

차원의 문은 모든 인원을 토해낸 뒤, 저절로 닫혔다.

아진이 몬스터 군단과 함께 지구로 귀환했다.

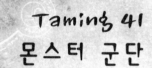

Taming 41
몬스터 군단

그야말로 대박이었다.

류시해의 행패로 인해 혼자 필드에 들어가게 된 난 꼬맹이와 타조를 퀸으로 만들었다.

한데 그건 시작에 불과했다.

이후로 만나는 몬스터들 사이에도 퀸이 섞여 있었고 결국 흰둥이와 예티까지 퀸으로 진화시키는 데 성공했다.

예티는 덩치가 4미터에 달할 만큼 거대해진 것 빼고 다른 외형적 변화는 없었다. 대신 민첩성과 파워과 전보다 강력해졌고, 소닉붐의 위력이 업그레이드되었다.

아울러 6성이 되었을 때 이 녀석이 얻게 된 필살기 중 하나, 사방을 굴러다니며 적들을 깔아뭉개는 기술! 난 이것을 롤링어택이라 이름 지었다.

덩치가 커진만큼 이 롤링어택의 능력도 당연히 전보다 강해졌다.

흰둥이는 덩치의 변화가 있진 않았다. 다만 발이 두 개에서 네 개로 늘어났다.

촉수의 수는 5성 퀸이니만큼 열 개로 증식했을 것이다.

촉수 하나하나에는 전부 극독이 묻어 있다. 찔리기만 해도 마비가 오고 1시간 이내로 몸이 썩어 죽는다.

몸을 감싸고 있는 수억 개의 털은 전부 강철처럼 딱딱하게 만들 수 있다.

때문에 흰둥이는 언제든 철갑을 두른 상태로 변할 수 있었다.

이로써 내 몬스터들 중 퀸이 된 녀석은 총 다섯!

블링, 꼬맹이, 흰둥이, 타조, 예티가 그 주역들이다!

이후로 필드를 다니면서 만나게 된 몬스터들 중에 퀸은 없었다.

그래서 몬스터들을 죽이고 얻은 핵만 내가 몽땅 섭취했다.

물론 링링, 톤톤, 푸르푸르, 루루, 듀라란은 만나는 족족 퀸 몬스터들을 내세워 복종하게 한 뒤 테이밍시켰다.

내가 테이밍할 수 있는 몬스터의 최대치는 100마리!

그리고 현재 내가 테이밍한 몬스터의 수는 58마리였다.

그중 8마리는 내가 애정을 주고 키워놓은 녀석들이고 20마리는 링링 군단, 10마리는 톤톤 군단, 10마리는 푸르푸르 군단, 7마리는 루루 군단, 3마리는 듀라란 군단의 일반 몬스터들이었다.

그 이상 테이밍한 몬스터는 없었다.

테이밍 수에 제한이 있는 데다가 훌륭한 군단을 완성해야 하니, 처음 보는 몬스터라 할지라도 메리트 없는 녀석들은 테이밍하지 않았다.

그저 내 포스를 키우는 재료로 고맙게 잡쉈다.

이번 필드는 생각했던 것보다 넓지 않았다.

사방이 뻥 뚫린 초원은 동서남북 어디든 5킬로미터만 걸어가면 보이지 않는 무형의 벽에 가로막혔다.

그게 곧 이 세상의 끝이라는 뜻이다.

이걸 내가 어떻게 알았느냐?

처음에는 덤벼드는 몬스터들을 바쁘게 처리했다.

이후에는 더 이상 먼저 나서는 몬스터들이 없어서 직접 발품을 팔아 주변을 돌아다니면서 몬스터를 찾아 나섰다.

그러다 보니 알고 싶지 않아도 저절로 필드의 규모를 파악하게 되었다.

종내에는 걷는 것도 귀찮아 타조를 타고 이리저리 날아다니며 몬스터를 찾아 잡아 죽였다.

그 결과 한 시간이 채 흐르기도 전에 필드를 완벽하게 정리할 수 있었다.

당연한 수순으로 차원의 문이 열렸고 나는 그 안으로 몬스터들 먼저 들여보냈다.

그리고 나도 발을 들여놓으려 하던 그때였다.

쿵!

"어?"

머릿속에서 무언가가 쿵! 하고 무너졌다.

내가 테이밍한 몬스터 중 한 녀석의 생명력이 약해진 것이다. 그 녀석은 다름 아닌 사천사였다.

"사천사가……? 왜? 고작 데스페라도들 때문에? 그럴 리가 없어."

무슨 일이 벌어진 게 분명했다.

나는 서둘러 차원의 문을 통과했다.

*   *   *

"웃차. 안 나온 녀석들 없지?"

아진이 묻자마자 차원의 문은 닫혔다.

58마리의 몬스터들이 전부 다 빠져나왔다는 뜻이다.

아진은 그것을 인지하자마자 당장 전장을 둘러봤다.

한데.

"…이거 뭐야? 웬 스케라 새끼들이 이렇게 판을 쳐?"

분명 비욘더와 데스페라도 간의 전투가 벌어졌던 전장은 데스페라도 대신 스케라들이 판을 치고 있었다.

게다가 스케라들은 하나같이 7성이었다.

비욘더의 수는 아진이 필드로 넘어갈 때보다 늘어나 있었다.

하지만 바닥에 싸늘한 시체가 되어 널브러진 시체도 제법 보였다.

이게 어떻게 된 상황인지 누군가 설명을 해줬으면 싶었다.

"아진 님!"

"아진아!"

"어떻게 된 거야? 그 몬스터들은 다 뭐고?"

"무사히 돌아왔구나, 아진 아우!"

아진과 면식이 있는 비욘더들이 하나같이 그의 이름을 불렀다.

"어떻게 된 거죠?"

아진이 누구를 명확히 지칭하지 않고 물었다.

대답은 설소하가 했다.

"데스페라도들이 약을 먹고서 일제히 몬스터가 되었어!"

"사람이 몬스터가 되었다구요?"

"이게 무슨 영문인지 도통 모르겠구나!"

순간 아진의 머릿속에 자신과 싸우던 도중 타우로스로 변했던 흑곰과 보스 흑곰이 떠올랐다.

'이건 그때 그 사건과 관련이 있어.'

누군가가 보통 사람을 몬스터로 변화시키는 알약을 만들어 내고 있었다.

대체 어떤 인간이 무슨 목적으로 이런 짓을 벌이는 건지 궁금했다.

그러나 그걸 알아내는 건 나중 일이다.

우선은 사천사부터 찾아야 했다.

녀석의 생명력이 점점 약해지고 있었다.

한데 그때였다.

"그보다 마스터 차를 구해야 해요!"

이환이 다급하게 소리치며 앞을 가리켰다.

거기에는 차서린을 한 손으로 들어 올린 채 그녀의 가슴에 손톱을 반쯤 박아 넣은 스케라 퀸이 보였다.

사천사 역시 그런 스케라 퀸의 근처에 엉망이 된 모습으로 널브러져 있었다.

"시크냥!"

아진의 외침에 시크냥이 날카롭게 눈을 빛냈다. 동시에 녀석의 모습이 갑자기 사라졌다.

특기인 공간이동 능력을 사용한 것이다.

사라진 시크냥은 스케라 퀸의 앞에 나타났다. 시크냥이 앞 발로는 차서린을, 꼬리로는 스케라 퀸의 뒤편에 누워 있는 사천사를 건드렸다.

스케라 퀸이 차서린에게 박아 넣으려던 손톱을 빼 스크냥에게 휘둘렀다.

하지만.

"냐우~"

시크냥의 공간이동이 더 빨랐다.

슈슉.

시크냥은 스케라 퀸이 머리를 쪼개놓기 전에 사라졌다.

그런데 시크냥만 사라진 게 아니다. 녀석의 몸에 닿은 차서린과 사천사도 함께 사라졌다.

시크냥은 공간이동의 힘으로 차서린과 사천사를 아진의 곁으로 데려왔다.

"타조, 회복해."

"우루루!"

타조가 고개를 끄덕이고서 회복 마법을 전개했다.

루루 퀸이 된 타조의 회복 마법은 전과 비교할 수 없을 만큼 강력해졌다.

어느 생명체든 숨만 붙어 있다면 순식간에 상처를 치료할 수 있었다.

게다가 회복 마법도 하루에 여덟 번이나 사용 가능해졌다.

더불어 타조를 중심으로 인근 30미터 내의 생명체들을 동시 회복하는 게 가능했다.

그 덕분에 차서린과 사천사는 물론이고 전장에 있던 비욘더들이 전부 회복 마법에 노출되었다.

잘려 버린 부위를 다시 이어 붙이는 건 불가능하지만 상처가 나거나 부러지거나 장기가 터진 것들은 순식간에 나을 수 있었다.

"휴르르르~"

정신을 차리고 일어난 사천사가 아진에게 다가와 그를 꼬옥 끌어안았다.

아진은 그런 사천사의 머리를 쓰다듬어 준 뒤, 차서린에게 물었다.

"괜찮아요?"

"눈이 있으면 직접 보세요, 우리 고딩. 괜찮겠어요?"

"하여튼 걱정을 해줘도 말을 꼭……."

"…고마워요. 덕분에 살았어."

"응? 내가 지금 잘못 들은 거 아니죠?"

"농담 따먹기 할 시간 없어요. 현재 상황은 대략 파악했나요?"

"극히 일부만."

"그럼 설명은 나중에 해줄 테니 우선은 스케라 퀸을 잡는데 협조하도록 해요."

"아, 스케라 퀸. 그렇지. 저 녀석이 있으면 다른 스케라들을 아무리 죽여봤자 다시 일어날 테니까."

그 말에 차서린이 기이한 시선을 아진에게 던졌다.

스케라 퀸의 존재는 여태껏 단 한 번도 지구에 나타난 적이 없었다.

해서 차서린도 녀석에 대한 정보가 전혀 없었고, 그 때문에 당했다.

그런데 아진은 이미 스케라 퀸에 대해서 다 알고 있다는 듯 말했다.

어찌 된 영문인지 궁금했으나 지금은 그런 걸 따질 때가 아니었다.

스케라 퀸이 아진의 존재를 유독 신경 쓰고 있었다.

"카라라라락!"

놈이 기성을 내뱉으며 아진에게 달려들었다.

"조심해라!"

강철수가 소리치며 스케라 퀸의 앞을 막으려 했다.

그러나 아진은 코웃음을 쳤다.

"어디 감히 스케라 퀸 '따위'가 이빨을 들이대!"

아진의 말에 58마리의 몬스터가 일제히 스케라 퀸에게 달려들었다.

"카라락!"

그에 스케라 퀸이 소리쳤고, 모든 스케라가 비욘더들과의 전투를 중지하고 스케라 퀸의 앞으로 모여들었다.

"놀고 있네. 예티!"

"듀라라라라라라라!"

"쓸어버려."

아진의 명령에 예티가 입을 쩍 버리고 고함을 질렀다.

"듀라— 라라라라라라라라!"

그의 입에서 거대한 소닉붐이 터져 나왔다.

예티는 3레벨 몬스터지만 6성의 최종 진화를 달성한 데가 퀸으로 진화한 상태였다.

그런 예티의 입장에서 4레벨 7성 일반 몬스터인 스케라들은.

콰드득! 콰직! 으드득!

"카락!"

"카라라라락!"

종이 인형이나 다름없었다.

선두에서 설쳐대던 스케라 열 마리가 소닉붐에 얻어맞고 산산조각 나 죽음을 맞았다.

그에 스케라 퀸이 크게 울었다.

"크라라라라락!"

스케라 퀸의 고함에 가루가 되었던 스케라들의 몸이 다시 이어 붙기 시작했다.

그 꼴을 가만히 두고 볼 아진이 아니었다.

"롤링어택!"

연이어 내려진 명령에 예티가 몸을 동그랗게 말아 그대로 굴렀다.

쿠르르르르릉!

퍽! 퍼거걱! 으드득!

재생되려 하던 스케라들이 또다시 가루가 되었다.

애초에 소닉붐을 피해 멀쩡하던 스케라들 또한 롤링어택을 피할 수는 없었다.

콰드드득! 콰직!

"카라락!"

다섯 마리의 스케라가 추가로 떡이 되었고, 이제 남은 일반 스케라는 네 마리가 고작이었다.

"타조!"

"우루루루루!"

아진의 부름에 타조가 크게 울더니 날개를 펄럭였다.

순간 날개에서 쏘아져 나간 수백 개의 날카로운 깃털이 스케라 네 마리의 전신을 가격했다.

퍼퍼퍼퍼퍼퍽!

그토록 단단했던 스케라의 몸뚱이가 타조의 깃털에 얻어맞아 산산조각 났다.

이로써 더 이상 두 발 딛고 서 있는 스케라는 남아 있지 않았다.

스케라 퀸 혼자서만 덩그러니 남아 아진을 노려보고 있었다.

한편, 전장의 비욘더들은 전부 놀란 시선을 아진에게 던졌다.

마흔이 넘는 비욘더들이 악전고투하며 덤벼도 몇 마리 처리하기가 어려웠던 스케라들이었다.

그런데 아진은 손가락 하나 까딱 않고 몇 분이 채 지나기도 전에 19마리의 7성 스케라를 전멸시켰다.

"이거… 어느 쪽이 괴물이야?"

남지혁이 실소를 흘렸다.

다른 비욘더들 역시 남지혁과 비슷한 심경이었다.

혼자 필드에 넘어가는 바람에 생사 여부도 불확실했던 루아진이 한 시간여 만에 귀환했다.

그것도 전보다 더욱 강해진 몬스터 군단을 이끌고.

"이 새끼, 완전히 미친놈이 돼서 돌아왔네."

강철수가 담배를 꼬나물더니 불을 붙이며 낄낄댔다.

"와아! 싸워보고 싶다!"

한규설은 눈을 초롱초롱 빛내면서 아진을 바라봤다.

"아진 님."

이환의 얼굴에는 놀라움과 반가움, 궁금함이 뒤섞인 표정이 자리하고 있었다.

아진은 그런 동료들의 시선을 전부 모른 체하고서 스케라 퀸에게만 시선을 두었다.

"좆만한 새끼가, 비욘더들을 건드려?"

아진이 으드득! 이를 갈았다.

"카라라라락!"

스케라 퀸이 고함을 치며 전광석화처럼 아진의 지척까지 짓쳐들어왔다.

그에 모든 비욘더들이 바짝 긴장했다.

스케라 퀸은 차서린도 장난감처럼 갖고 놀던 녀석이다.

아진은 센서블 비욘더지 피지컬 비욘더가 아니다.

저대로 스케라 퀸과 붙어버리면 아진의 육신이 순식간에 조각날 것은 자명했다.

그러나 아진은 조금도 긴장한 기색이 아니었다.

오히려 스케라 퀸에게 조소를 보냈다.

"카라락!"

스케라 퀸이 아진에게 주먹을 내지르려 했다.

그때, 아진이 무언가를 들어 스케라 퀸에게 들이밀었다.

"샤아?"

샤오샤오였다.

이대로라면 아진 대신 샤오샤오가 스케라 퀸에게 박살이 날 상황!

그러나 아진은 절대로 그러지 않을 것이란 확신이 있었다.

왜?

"샤, 샤아아아아아! 샤아아아!(너, 너 누구야아아아아아! 그리고 못생겼어어어어어!)"

샤오샤오니까.

콰아아아앙!

샤오샤오의 고사리 주먹이 로켓 펀치처럼 뻗어 나가 스케라 퀸의 주먹과 맞닿았다.

다음 순간 모든 비욘더의 눈을 의심케 만드는 장면이 벌어졌다.

쩌저적! 쩍! 쩌저저적! 콰드득!

스케라 퀸의 주먹이 샤오샤오의 주먹과 맞부딪힌 충격 지점에서부터 빠르게 금이 가기 시작하더니 결국 바스러져 사라져 버린 것이다.

"카라락?!"

당황한 스케라 퀸의 붉은 안광이 더 짙어졌다. 하지만 그것은 곧 분노로 바뀌었다. 녀석은 반대쪽 주먹을 연이어 뻗었다.

저번 공격보다 더욱 강력한 힘이 실린 일격이었다.

"샤, 샤아?!"

샤오샤오도 반대쪽 주먹을 내질렀다.

전보다 부끄러움이 배는 실린 주먹이었다.

콰아아아앙!

퍼거걱!

이번에도 스케라 퀸의 주먹이 바스라졌다. 아니, 주먹만 사라진 게 아니다. 팔과 어깨까지 통째로 날아갔다.

그 광경을 본 아진이 씩 웃었다.

"역시 샤오샤오. 너 아무리 봐도 4레벨 몬스터는 아니야."

아진이 뭐라고 하든 말든 샤오샤오는 그의 손에 뒷덜미를 잡힌 채 마구 발버둥 쳤다.

"샤, 샤아아! 샤아아아아아!(이, 이거 놔아아! 쟤 못생겼단 말야아아아!)"

그때였다.

퍽!

"샤앗?!"

주먹을 잃은 스케라 퀸이 찰나지간 발을 휘둘러 샤오샤오의 몸을 걷어찼다.

아진의 손아귀에서 빠져나간 샤오샤오가 그대로 땅에 처박혔다.

쾅!

"어! 샤오샤오!"

아진이 샤오샤오의 이름을 불렀다.

하지만 샤오샤오는 땅에 처박힌 채 다시 일어나지를 않았다. 아진은 샤오샤오가 기절한 줄 알았다. 아니었다. 자세히 보니 몸을 미세하게 떨고 있었다.

설마 그렇게까지 스케라 퀸의 공격이 위력적이었나? 아진은 생각했다. 그것도 아니었다.

'샤, 샤아아……'

샤오샤오는 많은 눈이 보고 있는 데서 얻어맞은 게 부끄럽고 창피해서 일어나지 못하고 있었다.

스케라 퀸의 일격은 샤오샤오에게 아무런 대미지도 주지 못했다.

한데 이를 지켜본 아진의 다른 펫들의 눈에 불똥이 튀었다.

녀석들은 일제히 입을 모아 소리쳤다.

"듀라라라라라!"

"우루루루루루루!"

"퓨웃! 퓨우우웃!"

"토토토톳!"

"라라라랑~!"

"휴르르르르!"

'감히 샤오샤오를 건드리다니!'라고 말이다.

"냐우~! 냐우우우~"

이번에는 시크냥도 눈을 희번덕였다.

시크냥은 딱히 샤오샤오를 좋아하는 건 아니지만 동료가 맞고 있는 건 두고 볼 수 없다는 듯 날카롭게 울었다.

그러더니 모든 펫들이 일제히 스케라 퀸에게 달려들었다.

가장 먼저 예티가 거대한 발로 스케라 퀸을 짓밟았다.

쾅!

"카라라락!"

스케라 퀸은 예티의 무게를 버티지 못하고 그대로 엎어졌다.

예티의 무게를 실은 육중한 발바닥이 스케라 퀸을 있는 대로 짓이겼다.

콰드득! 드득! 콰드득!

"카라라락!"

스케라 퀸이 분노에 차 고함을 질렀다.

그러다 있는 힘껏 몸을 웅크리더니 하나 남은 팔로 예티의 발을 들어 올리고 벌떡 일어섰다.

"듀라라!"

콰앙!

예티가 뒤로 넘어가자 이번에는 블링이가 입으로 점액질의 산성 덩어리를 따발총처럼 쏘아댔다.

그것은 빠르게 날아가 스케라 퀸의 몸 구석구석에 달라붙었다.

평소였다면 이런 공격에 당할 스케라 퀸이 아니었다.

한데 지금은 샤오샤오의 주먹질 두 방에 너무 큰 대미지가 쌓인 판국이었다.

해서 눈에 빤히 보이는 것을 피하지 못했다.

치이익! 치익!

산성액을 뒤집어쓴 스케라 퀸의 몸이 녹아 들어갔다.

"카라라라락!"

하지만 스케라 퀸이 다시 고함을 치자 엉망이었던 몸이 원상복구되었다.

아울러 19마리의 스케라들의 육신 역시 스멀스멀 재조합되고 있었다.

그러나 스케라들의 회복 속도가 너무나 느렸다.

스케라 퀸의 힘이 많이 약해졌다는 증거였다.

"우리도 가만있지 말고 아진 아우를 도웁시다!"

설소하가 소리쳤다.

"재생되는 스케라들을 상대하도록 해요!"

이환의 그의 말을 뒷받침해 줬다.

비욘더들이 일제히 재생되는 스케라들에게 맹공격을 퍼부었다.

그러는 사이 톤톤과 흰둥이, 타조, 시크냥, 사천사가 스케라 퀸을 동시에 두들겼다.

이미 지칠 대로 지친 스케라 퀸은 네 마리의 퀸이 한꺼번에 공격을 가하자 당해낼 재간이 없었다.

이리저리 신나게 얻어맞으면서도 녀석은 끝까지 반격을 해 왔다.

하지만 힘이 빠진 스케라 퀸의 주먹은 펫들에게 아무런 위협이 되지 않았다.

결국 스케라 퀸은 중심을 잃더니 뒤로 벌렁 넘어갔다.

이제 제대로 큰 거 한 방을 먹이면 스케라 퀸을 잡을 수 있었다.

단일 목표를 대상으로 한 강력한 일격을 먹이는 데 스케라 건만큼 좋은 건 없었다.

아진은 이미 상황이 이리될 걸 예상하고 아공간에서 스케라 건을 꺼내 3클래스 마법 파이어 볼을 3중첩시켰다.

"다들 비켜!"

아진의 외침에 펫들이 스케라 퀸의 주변에서 일제히 멀어졌다.

스케라 건의 화구가 힘없이 드러누운 스케라 퀸에게 향했다.

"죽어."

나직한 한마디와 함께 아진의 손이 방아쇠를 당겼다.

퍼어엉!

스케라 건의 주둥이가 불을 토했다.

거대한 불덩이가 바람을 가르며 날아가 스케라 퀸의 몸에 작렬했다.

콰아앙! 콰앙! 쾅!

3중첩 된 파이어 볼이 세 번 연속 폭발을 일으켰다.

그 여파에 지축이 흔들렸다.

체력이 많이 떨어져 있던 비욘더들은 중심을 잡지 못하고 실 끊어진 꼭두각시마냥 픽픽 쓰러졌다.

남지혁도 쓰러진 비욘더 중 한 명이었다.

물론 쓰러진 사람보다 버티고 선 사람이 많았다.

괜히 부끄러워진 그가 얼른 일어나 재생하고 있던 스케라를 다시 공격하려 했다.

그런데.

"어?"

재생되던 스케라의 몸이 다시 조각조각 나더니 부서져 버렸다.

다른 스케라들도 마찬가지였다.

"스케라가 더 이상 재생되지 않아!"

누군가가 크게 소리쳤다.

그 말은 곧, 스케라 퀸의 권능이 사라졌다는 뜻이다.

모두의 시선이 거대한 폭발이 인 곳으로 향했다.

폭발은 가라앉았고, 그 여파로 먼지 구름이 자욱했다.

잠시 후, 먼지구름마저 사라진 자리에는 산산조각 나서 형체조차 알아보기 힘든 스케라 퀸의 잔해가 어지럽게 널려 있었다.

스케라 퀸이 죽어버린 것이다.

"스케라 퀸을… 잡았어."

남지혁이 믿을 수 없다는 듯 중얼댔다.

"실로 놀라운 일이군. 우리 모두가 상대해도 제압하기 힘들었던 상대를 테이머 한 명이 이토록 쉽게 잡아버리다니."

설소하가 고개를 절레절레 저었다.

"우와! 너 진짜 장난 아니잖아! 다음에 나랑 제대로 붙어보자!"

한규설이 두 주먹을 꼭 쥐고 소란을 떨었다.

"아진 님!"

이환이 아진의 이름을 부르며 달려왔다.

아진이 그런 이환을 보며 미소 지었다.

"나 영영 못 돌아올 줄 알았죠?"

아진은 장난스레 물었다. 하지만 그는 이환에게 대답을 들을 수 없었다. 이환이 그대로 아진의 품으로 들어와 와락 끌어안았기 때문이다.

"…어?"

예상치 못했던 상황에 아진의 눈이 휘둥그레졌다.

이환이 아진을 끌어안은 채로 말했다.

"정말… 정말 걱정 많이 했다구요."

"아, 음… 걱정을 엄청나게 했나 보네요. 이렇게 마구 끌어안을 정도로."

"……."

이환은 갑자기 말문이 턱 막혔다.

자기가 아진에게 먼저 다가가 포옹했다는 걸 그제야 인지했다.

왜 그랬지? 무슨 일이 벌어진 거야? 내가 왜 이런 거지? 이제 어떡해야 돼?

오만가지 생각이 그녀의 머릿속에 떠올랐다.

지금이라도 얼른 떨어져야 하는데 그럴 수가 없었다.

너무 당황스러워서 몸이 아예 움직이지를 않았다.

당황스러운 건 그 자리에 있던 모든 사람들 역시 마찬가지였다.

"뭐야 지금?"

"전격의 검이 남자한테 달려가서 안긴 거야?"

"어머나, 대박."

비욘더들이 전무후무한 이 광경을 보며 수군거렸다.

"원 씨발. 전쟁 통에서도 새끼는 난다더니."

강철수가 피식피식 웃으며 뇌까렸다.

"이거… 지금 둘 사이에 이상한 기류 흐르는 거 맞지? 그치?"

남지혁이 다른 비욘더들을 둘러보며 그리 물었다.

그에 정광순이 고개를 끄덕였다.

"그런 것 같은데요. 이런 핑크빛 분위기는 축하해 줘야 마땅한데, 지금은 차마 그럴 수가 없네요. 하하……."

힘 빠진 웃음을 내뱉은 그의 시선이 주변에 널브러진 비욘더들의 시신으로 향했다.

이번 전쟁으로 죽음을 맞은 비욘더의 수가 자그마치 열하나였다.

차서린도 침통한 표정을 감추지 못한 채 아랫입술을 피가 나도록 씹어댔다.

그런 상황 속에서 이환은 여전히 아진의 품에 안겨서 떨어질 줄을 몰랐다.

떨어질 타이밍을 완전히 놓쳐 버렸다.

그에, 아진이 그런 아진을 슬쩍 밀어서 떼어놓았다. 그리고 물었다.

"나 왜 껴안았어요?"

그 말에 이환의 얼굴이 확 빨개졌다.

"왜 껴안았냐니까? 혹시… 나 좋아……."

"꺄악!"

이환이 비명을 지르며 검을 휘둘렀다.

"으앗!"

아진이 기겁하며 뒤로 물러났다.

멍하니 서 있었다간 모가지가 날아갈 판이었다.

"나, 나중에 얘기해요! 지금은 그런 얘기 할 때가 아닌 것
같아요."

그 말을 끝으로 이환은 아진에게서 멀리 떨어졌다.

아진이 그런 이환을 바라보며 피식 웃었다.

그녀의 포옹이 그다지 나쁘지 않았다. 아니, 오히려 썩 괜찮
다고 느껴졌다.

하지만 그 여운을 오래도록 즐길 수는 없었다.

아진 역시 죽어버린 비욘더들의 시체가 눈에 밟혔다.

"다들 주목해 주세요."

여태껏 침묵을 지키고 있던 차서린이 드디어 입을 열었다.

모든 비욘더들이 그녀의 주변으로 가까이 다가가 섰다.

"하아, 뭐라고 말을 시작해야 할지 모르겠네요. 솔직히 저
도 지금만큼은 많이 지치고 혼란스러워요. 이번 일은 춘천에

비욘더 길드가 설립된 이후 가장 충격적이고 비참한 사건일 겁니다."

전장에 선 모든 사람들이 입을 꾹 다물었다.

스케라들과의 싸움에서 그들은 승리했다.

하지만 승리의 기쁨을 느낄 수가 없었다. 그보다는 동료들을 잃었다는 슬픔과 아픔이 더 컸다.

차서린 역시 마찬가지였다.

마음 같아서는 모든 걸 다 때려치우고 싶었다.

하지만 감정적으로 행동해서는 안 된다. 이럴 때일수록 그녀는 흔들리지 말고 자신이 해야 할 일을 차분히 해나가야 한다.

"사망자들의 신원을 확인해서 제게 알려주세요. 가족들에게 부고를 전하고 상부에 보고 올릴 겁니다. 가족을 잃은 아픔은 무엇으로도 보상받을 수 없겠지만, 최대한 신경 쓸 수 있게 조치할 겁니다. 아울러 이번 사건에 대한 증언이 필요하니 최초에 이 전장에 도착해서 모든 상황을 겪은 비욘더분들은 저와 함께 비욘더 길드로 동행해 주세요."

차서린의 요구에 따라 비욘더들은 사망자의 신원을 확인했다.

그리고 아진과 이환, 설소하, 강철수, 남지혁이 차서린과 함께 동행하기로 했다.

한데 아진은 아직 전장에서 해야 할 일이 있었다.

"애들아, 코어 수거해."

아진의 명령에 모든 펫들이 일제히 스케라와 스케라 퀸의 코어를 회수해 왔다.

일반 코어에 19개, 퀸의 코어가 하나였다.

아진은 그것을 우선 주머니에 넣고서 다음으로는 류시해를 찾았다.

하지만 류시해의 모습은 보이지 않았다.

"류시해 어디 갔어요? 본 사람 없어요?"

"류시해라면 여기… 음?"

설소하는 류시해가 기절해 있던 곳을 가리키다가 고개를 갸웃거렸다.

조금 전까지 바닥에 엎어져 있던 류시해의 모습이 보이지 않았다.

"어디로 갔지?"

설소하와 이환이 열심히 주변을 둘러봤다.

하지만 어디에서도 류시해의 모습을 찾아볼 수 없었다.

"그것참 알 수 없는 인간이군. 한데 아진 아우, 류시해는 왜 찾는가?"

"…좀 처리해야 할 일이 있어서요. 나중에 말씀드릴게요."

아진은 더 이상 류시해를 그냥 둬서는 안 되겠다고 생각했다.

류시해는 명백하게 자신에게 살의를 드러냈다.

하지만 비욘더 길드에 이를 알리면 길드 측에서 손을 쓸 테고 류시해를 자신의 손으로 직접 처리할 수 없게 된다.

해서 아진은 이번 일을 함구했다.

'류시해는 반드시 내가 잡는다.'

그렇게 다짐한 아진은 차서린과 함께 길드로 움직였다.

아수라장이 되어버린 전장에서 참혹한 심경을 느끼던 비욘더들도 하나둘 움직이더니 모두 떠났다.

그제야 군인들이 투입되었다.

그들은 엉망이 된 전장을 분주하게 정리해 나갔다.

Taming 42
차서린, 의문의 1패

비욘더 길드에 처음 발을 들였을 땐 적막만 가득했다.

그럴 만도 했다.

나를 비롯한 네 명의 비욘더들은 물론이고 차서린조차도 막막하기 그지없는 얼굴을 하고 있었으니까.

하지만 감정에 치우쳐 있을 때가 아니었다.

그걸 누구보다 잘 아는 사람은 차서린이었다.

그녀는 빠르게 감정을 추슬렀다. 그리고 우리에게 현장의 상황에 대해서 자세히 물었다.

물론 차서린도 비욘더들 중 누군가가 쏘아 올린 블랙윙을 통해서 모든 것을 지켜본 터였다.

하지만 그것과 현장을 직접 겪어본 사람의 입장은 확실히 차이가 있다.

차서린은 우리 다섯 사람의 입에서 나오는 말들을 하나도 빠짐없이 전부 기록했다.

나는 대화 초반에 본 것들을 전부 털어놓고 난 뒤, 잠깐 바람 좀 쐬겠다며 길드 밖으로 나왔다.

"자, 그럼. 계속 아껴두었던 걸 먹어봐야지."

19마리의 스케라와 1마리의 스케라 퀸에게서 얻은 코어였다.

우선 일반 코어부터 모두 삼켰다.

역시 4레벨 7성 몬스터의 코어에 담긴 포스의 양은 어마어마했다.

포스들을 전부 내 여섯 번째 고리 안에 갈무리했다.

그리고 아껴둔 스케라 퀸의 코어를 입에 넣었다.

식도를 타고 넘어가자마자 스케라 퀸의 코어에서 포스가 해일처럼 일어 전신으로 퍼져 나갔다.

지금까지 한 번도 경험해 보지 못한 양의 포스였다.

'대박이다!'

난 신이 나서 포스를 고리로 열심히 옮겨 날랐다.

모든 포스를 전부 고리에 갈무리하는 데 제법 긴 시간이 걸렸다.

한데.

휘이이이이잉—!

여섯 번째 고리에 채워진 포스가 격렬한 회전을 일으켰다.

"허어?"

고리에 포스가 가득 찼다.

생각지도 못한 타이밍에 6클래스 비욘더가 되었다.

"운수 대통이구나."

이제 아공간의 넓이가 커졌고 테이밍할 수 있는 몬스터의 수도 120마리로 늘어났다.

클래스가 업그레이드됨에 따라 육신의 능력도 덩달아 강해졌다.

이전과는 확연히 다른 기운이 몸속 깊은 곳에서 용솟음치는 게 느껴진다.

모든 기운이 완전히 갈무리되고 나니 두 시간 정도가 흘렀다.

이제 보고가 끝났겠거니 생각한 난 길드 안으로 다시 들어갔다.

그런데 차서린은 아직까지 비욘더들을 잡아놓고 있었다.

그나마 다행인 건 만족스러운 얼굴로 고개를 끄덕이는 걸 보니 상황이 다 정리된 것 같단 것이었다.

"이 정도면 됐어요. 다들 심신이 지쳤을 텐데 협조해 줘서 고마워요. 그만 돌아가 쉬세요. 이번 전투에 대한 보상은 곧 지급될 거예요."

                    *   *   *

 길드 밖으로 나오자마자 남지혁은 긴장이 풀렸는지 하품을
크게 했다.

 "하아암~"

 그에 강철수가 물었다.

 "졸리냐?"

 "아뇨, 졸린 건 아닌데 그냥 하품이 나오네요."

 "형 차 타라. 집에 바래다줄게."

 "집에… 글쎄요. 맘이 싱숭생숭해서 그냥 들어가기가 좀 그
렇네요."

 나도 맘이 편치 않았다.

 사람을 죽이는 것에는 이미 익숙해져 있다.

 하지만 아군이 죽임을 당하는 광경은 몇 번을 봐도 익숙해
지지가 않는다.

 참 이기적인 말이지만, 어쩔 수가 없다.

 그게 인간이다.

 그래도 아마 여기 있는 사람들 중에서 정신적 대미지를 가
장 빨리 회복할 수 있는 건 나일 테지.

 에스테리앙 대륙에서 귀족 가문들과 전쟁이 일 때마다 숱
하게 겪었던 걸 지구에서 한 번 더 겪은 것뿐이니까.

 강철수가 남지혁의 어깨에 팔을 둘렀다.

"너 그럼 형이랑 한잔하자."

"술이요?"

"그럼 물이겠냐?"

남지혁은 싫지 않은 눈치였다. 그가 설소하와 이환을 번갈아 보았다.

"저는 좋아요. 다른 사람도 같이 하면 좋을 것 같은데. 두 분은 시간 어떻게 돼요?"

설소하가 머리를 꾹꾹 누르며 고개를 저었다.

"아무래도 나는 들어가 쉬는 게 좋을 것 같네, 지혁 아우. 오늘은 컨디션이 영 엉망이라서."

그러고 보니 설소하의 안색이 여태 그를 봐왔던 중 가장 좋지 않았다.

오늘 벌어진 전쟁 때문에 그럴 수도 있겠지만, 그 외에 또 다른 문제가 있는 것 같았다.

"그럼 이환 님은요?"

이환은 내 눈치를 살짝 살피다가 고개를 저었다.

"저도 오늘은 일찍 쉬고 싶어요."

"흠, 아쉽네. 그럼 둘이 가야겠는데요?"

"둘이면 어때. 그냥 술만 들이부으면 되는 거지."

남지혁이 내게 다가와 머리를 슥슥 쓰다듬었다.

"너는 너무 서운해하지 마라. 미성년자한테 술을 권할 수는 없잖아. 게다가 철수 형 과거에 경찰이었던 거 알고 있지? 더

더욱 이 술자리에 너는 낄 수가 없는 거라고."

"지랄. 나 중딩 때부터 술 마셨어, 새끼야."

강철수의 말에 남지혁은 어색한 웃음을 흘렸다.

"하, 하하. 형님. 그렇게 말씀하시면 제 입장이⋯⋯."

그러는 사이 강철수는 이미 도로변에 세워둔 자신의 차에 올라타 시동을 걸었다.

부르릉!

조수석 창문이 열리고 강철수의 우렁찬 목소리가 튀어나왔다.

"안 탈 거냐!"

"탈게요! 그럼 다들 다음에 봐요."

남지혁이 후다닥 차로 달려가 조수석에 올랐다.

강철수의 차가 출발하고 난 뒤, 설소하도 대충 작별 인사를 나누고서 헤어졌다.

남은 건 나와 이환 둘뿐이었다.

"그럼 이환 님도 들어가 봐요."

내가 손을 흔들고서 뒤돌아서려 하는데.

"잠깐만요."

이환의 음성이 날 잡아 세웠다.

"네?"

"우리 아직 못다 한 이야기 남아 있잖아요."

아, 맞다.

"아까 먼저 나 끌어안은… 헙!"

말을 하려다 말고 얼른 손으로 입을 막았다.

이환의 손이 번개처럼 검손잡이에 얹어졌기 때문이다.

"저기… 부끄러울 때마다 검 휘두르는 그 버릇 좀 고치면 안 돼요? 자기가 샤오샤오도 아니고."

"놀리듯이 얘기하니까 그렇죠!"

"진실을 말했을 뿐이에요. 놀린 게 아니고."

"어, 어쨌든 아까 일은……."

"네. 아까 일은?"

"그, 그 일은."

"웅. 그 일은?"

"저기, 그러니까……."

"실수라구요?"

"아니요!"

"…네?"

"실수… 같은 거 하지 않아요. 다른 사람에게 실수로 오해 살 만한 행동은 하지 않는다구요. 전 그렇게 가벼운 사람이 아니에요."

"실수가 아니면 뭔데요?"

이환은 무언가를 말하려는 듯 말려는 듯 계속해서 입술을 오물거리다가 갑자기 날 똑바로 바라봤다.

뭔가 대단한 결의를 한 듯한 얼굴이었다.

곧 그녀는 두 주먹을 꽉 쥐고서 박력 있게 말했다.

"좋아해요!"

그 소리에 주변을 지나가던 사람들이 놀라서 우리를 쳐다 봤다.

몇몇은 키득거리며 웃음을 터뜨렸다.

나는 졸지에 도로변에서 여자에게 공개 고백을 당한 입장 이 되었다.

"저기 이환……."

"끝까지 들어주세요! 제가 제 마음속에 자라나는 이런 감 정을 눈치챈 건 얼마 되지 않았어요. 하지만 그보다 일찍부터 자라나고 있었겠죠. 남자에겐 눈길 한번 주지 않았었는데 왜 이렇게 된 건지는 저도 잘 모르겠어요. 어쩌면 아진 님께 인 공호흡을 했던 날, 그걸 키스로 오해받았을 때부터였는지도 몰라요."

어어? 점점 사람들이 우리 주변으로 몰려들기 시작한다.

이게 무슨 분위기야 대체?

"뭐야? 왜 그래?"

"모르겠어. 여자가 고백하는 것 같은데?"

"설마 고백을 저렇게 화난 얼굴로 하려고?"

"그리고 여자가 엄청 박력 있다. 목소리 봐라. 대강당에서 연설하는 줄."

구경꾼들이 소근대는 소리가 전부 들려온다.

난 점점 쪽이라는 게 팔리기 시작하는데 이환은 그런 주변 상황 따위 조금도 눈에 들어오지 않는 모양이다.

지금 그녀는 그녀의 세계 안에 완전히 빠져 있었다.

그녀의 입에서는 계속해서 고백인지 연설인지 모를 말들이 쏟아져 나왔다.

"그래요. 어떻게 보면 그게 제 인생의 첫 키스였어요! 전 태어나서 아빠 외에 다른 남자 손도 잡아본 적이 없었어요! 아무튼 감정의 시작점이 이상하긴 해도 저는 이미 이렇게 돼버렸어요. 아진 님과 입을 맞춘 그날 이렇게 되어버렸다구요!"

어라? 얘기가 점점 이상해진다?

"저 남자가 저 여자한테 강제로 키스했나 봐."

"다른 남자 손도 잡아본 적 없는 여자한테 키스를 했다고?"

"근데 이렇게 되어버렸다는 건 무슨 얘기야? 키스 이상으로 간 거 아니야?"

난 멋대로 지껄이는 구경꾼들에게 눈을 흘기며 주의를 주었으나.

"참나, 뭘 잘한 게 있다고 쳐다봐?"

…씨알도 먹히지 않았다.

"그런데 아진 님을 향해 있는 마음이 크다는 걸 확연히 알게 되었던 건 아름다운 여인이 상의를 탈의한 채 등 뒤에서 아진 님을 껴안았을 때부터였어요."

"어머나! 뭐야 뭐야? 저 여자한테 키스해 놓고 다른 여자랑

벌거벗고 뭔 짓을 또 했다는 거야?"

"근데 그 광경을 저 여자가 봤다는 건… 저 여자 앞에서 그랬다는 거잖아?"

"완전 쓰레기네."

"어휴 더러워. 자기야, 그만 가자."

"흥미진진한데 마무리는 보고 가자."

또다시 숙덕숙덕. 수군수군. 아, 몹시도 피로해진다.

그리고 이환, 너 지금 날 똥으로 만들었어!

벌거벗은 여자는 사천사를 말하는 것일 텐데, 그 녀석은 그냥 몬스터일 뿐이거든!

이 부분, 확실하게 설명하지 않으면 난 공개쓰레기가 되어버린다.

이미 몇 명은 스마프폰으로 이 미치고 팔딱 뛸 상황을 녹화하고 있었다.

"잠깐!"

내가 이환의 말을 끊었다.

"입은 삐뚤어졌어도 말은 똑바로 합시다! 벌거벗은 여자라니요! 그건 그냥……!"

"네, 알아요! 아진 님의 펫이죠!"

"그래요! 그건 그냥 내 펫……!"

"꺄아악! 펫이래! 세상에, 세상에!"

"여자를 펫이라고 부르는 거야, 저 사람 지금?"

"어떻게 여자를 애완동물로 삼아서… 하, 너무 더러워."

…뭐야 이거?

왜 또 상황이 이런 식으로 튀는 건데?

안 되겠다, 일단 여기서 도망치는 게 급선무다.

"이환. 일단은 다른데 가서 얘기하는 게……."

"끝까지 들어주세요! 지금 아니면 두 번 다시 이런 용기 내기 힘들 것 같아요."

"그게 아니라 지금 상황이."

"아무튼 이환 님께는 수많은 펫 중에 하나였을지 모르겠지만 제 입장에서는… 이런 말 이상하게 들릴지 모르겠지만 똑같은 여자였어요."

헉.

이환 너 지금 또… 폭탄을 터뜨렸어.

"어머나, 씨발. 수많은 펫이래? 뭐 저런 쓰레기 새끼가 다 있어?"

"주변에 모든 여자들을 애완동물로 보는 거야?"

"저런 놈한테 반한 여자들도 참 알 만하다."

진짜 환장하겠네.

"이환. 정리 좀 하고 얘기를 하자고."

"제 말 다 끝나고 나서 정리하면 안 될까요? 아직 얘기할 게 더 남았어요. 지금이 정말 중요한 얘기예요."

"하아, 그래, 해봐요."

"저 그러고 나서 계속해서 고민했어요. 아진 님은 아무렇지 않게 있는데, 저는 벌거벗은 여자한테 안겨 있는 걸로만 보이고, 그 광경이 왜 그렇게 싫었는지."

그래, 계속해라. 어디까지 가는지 한번 보자.

이미 브레이크 당기기에는 너무 늦은 것 같다.

"아무래도 저… 아진 님을 좋아하는 것 같아요. 이성으로."

"……"

"물론 일방적인 감정이에요. 아진 님이 절 마음에 들어 하지 않을 수도 있을 거고, 그렇다고 해서 아진 님을 원망하거나 미워하지는 않을 거예요. 사람의 감정은 강요할 수가 없는 거니까."

지금… 엄청 이상한 타이밍과 이상한 분위기 속에서 고백받아 버렸다.

"어머어머, 저 여자도 푹 빠진 거야?"

"대체 매력이 뭐람? 얼굴 반반하고 키 크고 와꾸 제법 괜찮고… 음… 성격만 괜찮으면 뭐, 매력 있긴 하겠네."

"겉이 멀쩡하면 뭐해요? 속에 똥만 찼는데!"

"말세다, 말세야."

하아, 그래요.

마음대로 떠드세요.

여기서 내가 아니라고 부정해 봤자 아무도 믿어주지 않을 테니까.

"제 마음에 대한 대답, 지금 들려달라고 하는 건 무리겠죠?"

"이환. 눈과 귀가 있으면 주변 상황을 조금 파악해 봐. 여기서 제대로 된 대답을 하는 것 자체가 기적 아니겠어요?"

"네? 그게 무슨… 어머."

그제야 이환은 주변을 둘러보고 깜짝 놀랐다.

"왜 다들 우리 주변에 모여 있는 거죠?"

"그쪽이 엄청나게 큰 목소리로 떠들어서 호객꾼들 불러 모았거든."

"아……."

"게다가 펫이 어쩌고 벌거벗은 여자가 저쩌고 하는 바람에 난 졸지에 쓰레기가 되었고."

"네? 왜요?"

"일방적으로 당신이 쏟아부은 말 짤막하게 압축해 보자면 나는 그쪽한테 입술을 훔친 다음 당신이 보는 앞에서 펫으로 삼고 있는 여인들 중 나체의 여인 한 명과 끌어안고 뒹군 파렴치한이 되었으니까."

내 말을 다 듣고 난 이환은 지금까지의 상황을 곰곰이 정리하더니 입을 쩍 벌렸다.

사태의 심각성을 비로소 깨달은 것이다.

"이런 상황에서 내가 제대로 된 대답을 한다는 것 자체가 기적이 아니면 뭐야?"

"그, 그렇네요. 이해돼요. 죄송해요, 아진 님. 제가 생각이 짧았어요. 뭔가에 너무 집중하면 주변 상황을 아에 인지 못하는 타입이라서……."

"그런데 가끔씩은 기적이 일어나기도 하는 법이니까."

"네?"

"나도 이환이라면 나쁘지 않을 것 같아."

"…네?"

"그 마음 거절할 생각 없다고. 받아들이겠다고. 그러니까 만나보자구요."

"저, 정말이에요?"

"그래요."

"아진 님……."

날 바라보는 이환의 눈에 눈물이 그렁그렁했다.

난 피식 웃고서 그런 이환의 눈물을 슥 닦아주었다.

이를 본 사람들이 주변에서도 또 제멋대로 상황을 해석해 숙덕거렸지만 아무렴 어떠랴.

나만 좋으면 그만이지.

울먹거리던 이환이 흘러내리려는 눈물을 꾹 참더니 결의에 찬 얼굴로.

"마음 받아주셔서 감사해요!"

또다시 거리가 떠나가라 소리를 질렀다.

그러자 비욘더 길드의 문이 벌컥 열리며 차서린이 튀어나왔다.

그녀는 면면 가득 미소를 짓고 있었다.

하지마 눈은 전혀 웃고 있지 않았다.

아울러 온몸에서 무시무시한 아우라가 끓어올랐다.

이마에는 힘줄이 툭 불거져 튀어나왔다.

그 서릿발 날리는 오싹한 기운에 구경꾼들이 전부 우루루 흩어졌다.

차서린이 악귀 같은 시선을 우리 둘에게 던지며 말했다.

"어머~ 두 사람 아까부터 듣자 듣자 하니까 참 거지발싸개 같은 말만 주고받으시네요. 비욘더 길드 문 앞에서 사랑 고백하면 이루어진다는 전설이라도 만들고 싶어서 이러는 게 아니라면… 둘 다 내 앞에서 사라지세요."

지금 거역했다간 분명히 죽는다.

나와 이환은 빠르게 고개를 끄덕이고 자리를 떴다.

내 뒤에서 '이건 절대 노처녀 히스테리 같은 게 아니야'라고 중얼거리는 차서린의 목소리가 들려왔다.

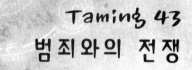

Taming 43
범죄와의 전쟁

　우리는 근처 카페로 자리를 옮겼다.

　이환과 나는 생과일주스 한 잔씩을 시켜두고서 오가는 말 없이 침묵만 지켰다.

　지금 이런 상황 자체가 불편한데 더더욱 나를 불편하게 만 드는 것이 있었으니 주변의 시선이다.

　"미러클 테이머랑 전격의 검이다."

　"어? 그래? 난 얼굴 잘 모르는데."

　"어? 맞네. 그 두 사람이네. 근데 쟤들이 카페에 온 거야?"

　"야야, 얼마 전에 두 사람 스캔들 터졌었잖아? 그거 루머니, 사실이니 얘기 많았었는데 진짜인 거 아냐?"

"진실은 내가 알고 있지. 니들 참 소식 느리다. 아까 유튜브에 전격의 검이 미러클 테이머한테 고백하는 영상 떴다."

"진짜예요?"

"맞아요, 저도 봤어요. 근데 미러클 테이머가 좀 쓰레기던데요? 전격의 검은 저런 인간이 뭐가 좋다고 그러는지……."

"에이, 악마의 편집일 수도 있는데, 그냥 영상만 보고 그런 말 하면 안 되죠."

참 어처구니가 없다.

한 테이블에서 속닥거리는 걸 옆 테이블에서 듣더니 갑자기 끼어들었고, 그걸 듣고 있던 또 다른 테이블 사람들이 난입하는가 싶더니만 다른 테이블 사람들도 합세해 마구잡이로 떠들어댄다.

중요한 건 그 얘기가 전부 다 들린다는 거다.

그렇게 크게 속닥거릴 거면 그냥 우리 옆에 와서 떠들어라, 이것들아.

그나저나 이 시대에는 비욘더들이 준연예인 취급을 받는다는 걸 알고 있었으나 내가 그 입장이 되어버리니 적응이 잘 안 된다.

내 얼굴이 알려지기 시작한 건 5인의 초신성에 이름이 오르면서부터였다.

그 이후로 가끔씩 날 알아보는 사람들이 생겨났다.

하루하루 지날수록 그런 이들이 늘어났고 먼저 인사를 걸어오는 사람들도 많아졌다.

그때는 기분이 좋았는데, 이런 상황에서 날 알아보니 그저 불편할 따름이다.

연예인이라는 사람들이 이래서 공개 연애를 하지 않는구나.

아무튼 이 상황을 벗어나는 방법은 단 하나.

빨리 마무리를 짓는 것뿐이다.

"이환 씨."

"네?"

"우리 오늘부터 사귀는 겁니다. 맞죠?"

"네."

"그럼 연인이 된 거구요."

"네, 연인이 된 거예요."

이환은 부끄러워하면서도 그런 감정을 애써 숨기려 노력하고 있었다.

태연한 척, 아무렇지 않은 척, 이 상황을 담담하게 받아들이려는 척, 연애 초짜 주제에 무리하고 있는 게 귀여웠다.

그리고 그런 이환의 모습에 과거의 내 모습이 겹쳤다.

아르마에게 처음 내 마음을 털어놓고, 그녀가 그것을 받아들였을 때, 처음으로 둘만 있게 된 자리에서 내가 딱 저랬었다.

아르마는 그때 미소 담긴 얼굴로 날 지그시 바라보더니 내 옆으로 와서 섰다. 그녀가 그랬던 것처럼 나는 이환의 옆으로 가서 앉았다.

그다음엔 손을 잡았다. 아르마도 그랬었다. 당시의 그녀가 포근하고 편안한 음성으로 흘렸던 말이 내 입을 통해 이환에게 닿았다.

"오늘은 처음이니까 손만 잡아요. 다음에 또 만나게 되면 팔짱을 끼고, 그다음엔 입을 맞추고, 그다음엔 키스를 해요. 물론 서로의 마음이 만날 때마다 더 커지고 좋아진다면. 제자리걸음일 땐 다음번에도 손을 잡고, 그다음 번에도 손을 잡아요. 그런데 아마 그럴 수 없을 거예요. 나한테 준 마음 더 커질 수 있게 내가 노력할 테니까."

마치 오래전부터 준비해 놓았던 것처럼 막힘없이 얘기하고 나서 이환의 얼굴을 살폈다.

그녀의 뺨이 발그레 물들어 있었다.

하지만 웃고 있지는 않았다.

내 말이 플러스가 된 건지, 마이너스가 된 건지 알 길이 없었다.

괜히 이런 얘기를 꺼낸 건가 싶어서 후회가 조금 밀려올 무렵, 그녀가 천천히, 그리고 미세하게 고개를 끄덕였다.

'플러스다.'

기분이 참 묘하게 좋았다.

마냥 좋은 게 아니라 미묘한 무언가가 기저에 깔려 있었다.

그래 이게 바로 연애의 맛이다.

에스테리앙에서 아르마에게 배신당한 이후 줄곧 잊고 살았던 연애의 맛.

연인 사이가 아니라면 절대 느낄 수 없는 미묘한 감정.

그게 이제 다시 날 찾아왔다.

"일단은 그만 일어날까요? 이래저래 오늘은 너무 정신이 없었으니까. 집에 가서 조금 쉬고, 생각도 정리하고 이 좋은 감정만 가진 상태로 약속 잡아서 다음에 다시 봐요. 어때?"

"좋아요. 저도 그만 도장에 가봐야 할 참이었어요."

나와 이환은 미소를 주고받은 뒤 함께 자리에서 일어났다.

*   *   *

이환과 헤어지고 난 뒤 집으로 향하는 길.

택시에 몸을 실어 멍하니 창밖을 바라보고 있는데, 손목에 차고 있던 던전 레이더에서 알림음이 울렸다.

띠링—

확인해 보니 이환이 보낸 메시지였다.

[잘 들어가고 있어요? 생각해 보니까 아진님 폰 번호를 모르고 있더라구요. 그래서 던전 레이더로 메시지 보내요.]

그러고 보니 우리 여러 번 만났었는데 번호도 서로 교환 안 했었구나.

마침 내 스마트폰은 타우로스와의 전투에서 이전 것이 분해당한 뒤 새로 산 지 얼마 안 된 터라 저장되어 있는 번호가 아버지 것밖에 없었다.

난 던전 레이더 메시지로 이환에게 내 번호를 알려주었다.

그러자 바로 핸드폰에서 진동이 일었다.

[이건 내 번호예요. 저장해 주시면 감사하겠습니다.]

"풋!"

진짜 순진의 최고봉을 달리는 여자다.

앞으로 이어질 이 여자와의 연애는 어떨지 상상하니, 그것만으로도 기분 좋은 설렘이 내 안을 가득 채웠다.

*   *   *

집으로 돌아오니 방 청소를 하시던 아버지가 눈이 튀어나올 듯 크게 뜨고는 내게 달려왔다.

"아진아!"

"아부지?"

아버지는 내 손을 덥석 잡고서 안도의 한숨을 내쉬었다.

"하이고. 무사히 살아 돌아왔구나."

"그럼~ 아들이 당연히 살아서 돌아오지."

"내가 뉴스 속보 보고서 얼마나 가슴 졸였는데!"

"뉴스 속보? 아⋯⋯."

스케라와 혈전을 펼친 게 벌써 방송을 탄 모양이다.

"살아 돌아와서 정말 다행이다. 다행이야. 너 없으면 애비는 이제 못 산다, 정말."

"그렇게 불안하면 전화를 해보지 그러셨어요?"

"몬스터랑 비욘더가 싸우다가 열 명이 죽었다는 얘기 듣자마자 티브이 껐다. 사망자 명단에 네 이름 있을까 봐. 그래, 불안해 죽겠는데 어떻게 전화를 하겠어? 전화 걸었는데 네가 안 받으면 애비는 심장 멎어버린다."

"내가 먼저 아부지한테 연락했어야 하는 건데. 미안해요, 아부지. 앞으로 아들이 더 신경 쓸게요."

"아니다, 아니야. 살아 돌아왔으니 됐다."

"그 정신에 청소는 또 어떻게 하고 있었데요?"

"가만히 있으면 불안해서 견딜 수가 있어야지."

아버지 말을 듣고 보니 방 안은 굳이 청소할 필요 없이 깨끗했다.

아버지 손에 들려 있는 진공청소기를 보니 마음이 짠해졌다.

난 내 손 위에 포개진 아버지의 손을 부드럽게 쓰다듬으며 말했다.

"아버지! 우리 내일 집 보러 가자!"

"집?"

"응! 새집으로 이사 가요, 이제!"

"새, 새집으로? 여기도 아직 살 만한데……."

"살 만하긴요. 썩음썩음해서 태풍 한번 불면 다 날아갈 판인데. 이제 우리도 누리면서 살아요. 돈은 번 만큼 쓰라고 있는 거예요. 이렇게 열심히 벌어서 평생 저축만 하면 뭐해요. 살아 있는 동안 충분히 누리고 가야죠."

평소 근검절약이 몸에 밴 아버지지만, 이번만큼은 내 말이 먹혀들어 간 모양이다.

잠시 고민하던 아버지가 고개를 끄덕였다.

"그래. 네 말도 맞다."

"그죠?"

"내가 오늘 내 아들 죽었는지 살았는지 알 수가 없어서 얼마나 가슴 졸였는지 모른다. 지금 네가 번 돈, 이 소중한 돈, 전부 너 살아 있는 동안 누릴 만큼 누려야지. 혹여라도 네가 돈만 벌어놓고 누리지도 못하고서 가버리면 애비는……."

아버지는 거기까지 말하고서 입을 딱 다무셨다.

이제 보니 내 말에 넘어간 게 아니라 내가 안쓰러워서 이사 가자고 한 것이었다.

정말이지 이런 아들바보는 세상에 또 없을 거다.

뭐 이렇든 저렇든 상관없다.

난 아버지랑 새집으로 이사만 가면 되는 거니까!

*   *   *

아버지와 앞으로의 계획에 대해 이런저런 대화를 나누고 저녁까지 먹은 뒤, 내 방으로 들어왔다.

결국 우리는 내일 집을 보러 가기로 했다.

그리고 아버지와 내가 타고 다닐 차도 한 대씩 뽑기로 결정했다.

내 통장에 그만한 돈은 충분히 들어 있었다.

기분 좋은 생각을 하다 보니 지금까지의 피로가 전부 풀리며 잠이 몰려왔다.

"웃차!"

난 이불에 그대로 드러누웠다.

"소환, 샤오샤오."

내 부름에 환한 빛과 함께 샤오샤오가 나타났다.

"샤아아!"

"응?"

"샤, 샤아?"

샤오샤오는 뭔가에 엄청 부끄러워하다가 소환되어서는 주변을 둘러보다가 날 발견하더니 안도의 한숨을 내쉬었다.

"샤아아아아."

"너 아공간에서 뭐 했냐? 설마, 아직도 퀸이 된 펫들이랑 서먹한 거야?"

"샤아! 샤아아아아! 샤샤샷! 샤샤샤!"

샤오샤오는 내 앞에 서서 짤뚱한 다리로 바닥을 탁탁 구르며 일장 연설을 토해냈다.

"그러니까… 자꾸 이상한 녀석들 집어넣지 말라고? 부끄러워 죽겠다고? 걔들 진화한 거라니까. 이제 좀 친해져라."

"샤아아! 샤샤!"

"걔들도 걔들이지만?"

"샤샤샤! 샷!"

"이상한 놈들이 하나둘 늘어나더니?"

"샤샷! 샤앗!"

"58마리까지 늘어나서."

발을 구르던 샤오샤오가 이번에는 손바닥으로 바닥을 탁탁 쳐댔다.

"샤샤샤샷!"

"하루 종일 도망치다가."

"샤샤샷! 샤샷! 샤아아아아!"

"지쳐서 잠들었는데, 잠에서 깨면은?"

"샤아아아아아아!"

"그 녀석들이 네 주변에 죄다 모여서 붙어 자고 있다고?"

"샤아!"

고개를 격하게 끄덕이는 샤오샤오.

녀석은 자기 가슴을 쓸어내리며 고개를 절레절레 저었다.

"샤아아아."

지금 한숨처럼 뱉은 말은 '깰 때마다 얼마나 부끄러운지'였다.

하여튼 별종도 이런 별종이 또 없다.

"방법이 없다. 그냥 네가 빨리 적응해야지. 그보다 내가 널 왜 소환했는지 궁금하진 않아?"

"샤아?"

샤오샤오가 고개를 갸웃거렸고, 난 그런 녀석을 그대로 품에 끌어안았다.

"네 털이 푹신푹신 보들보들해서 가장 기분 좋거든. 이렇게 끌어안고 자야겠다. 좋지?"

"샤아아."

"그래. 좋아할 줄 알았다. 너도 펫들 도망 다니느라 피곤했을 테니 같이 한 잠 푹 자자~"

"샤아."

                    *   *   *

몬스터로 변한 데스페라도와 비욘더 간의 전투가 일어난 지도 보름이 흘렀다.

그동안 아진은 정원이 있는 신축된 2층 저택을 얻어 이사를 했고, 고급 세단까지 두 대를 마련했다.

하나는 아진의 아버지 것이고 다른 하나는 아진의 것이었다.

물론 보름 동안 열리는 던전과 필드를 열심히 돌아가며 몬스터를 사냥하는 일도 게을리하지 않았다.

그동안 퀸은 한 번도 만나지 못했다.

때문에 전리품을 열심히 얻는 데 치중했고, 얻게 되는 코어는 전부 시크냥에게 투자했다.

덕분에 시크냥은 4성으로 성장할 수 있었다.

성장한 시크냥은 외형적 변화는 거의 없었다. 다만 양쪽 다 파란색이었던 눈동자가 한쪽만 에메랄드색으로 변해 오드아이가 되었다.

그런 외형과 달리 능력은 대폭 업그레이드되어 전격 마법의 레벨이 3클래스로 상향되었다. 공간이동의 범위는 기존 20미터에서 30미터로 늘어났고 3번 연속 사용 가능했던 것이 4번까지 연속 사용 가능하게 되었다.

공간이동을 사용한 후 재충전하는 시간은 한 번당 8시간 걸리던 것이 5시간으로 대폭 줄었다.

아진의 펫들은 계속해서 성장했고 그의 통장에 적힌 액수는 나날이 커져만 갔다.

그야말로 아진은 승승장구하고 있었다.

한데 맑게 갠 날씨처럼 탁 트인 듯한 아진의 행보와 달리 한국 정부의 걸음은 답답하기만 했다.

'필드가 전개된 지역에 대기하고 있던 비욘더들에게 이유 없이 공격을 가한 레지스탕스.'

'전투 도중 알약 복용 후, 몬스터로 변해 버린 데스페라도 들.'

'열한 명의 비욘더가 사망.'

이러한 문제들을 놓고 비욘더 길드 한국 지부의 총책임자 인 한국 비욘더 마스터이자 차서린의 아버지인 차진혁과 정계 의 높은 분들이 보름 동안 회의를 회의를 거듭한 결과.

그들은 이러한 결론을 내놓게 되었다.

'지금 이 시간부로 한국 정부와 비욘더 길드는 모든 범죄와 의 전쟁을 선포한다!'

말인즉 작은 범죄라도 용서하지 않고 엄벌하겠다는 얘기였다.

한데 범죄와 연결되어 있는 거의 대부분의 일은 레지스탕스 안으로 귀결되게 되어 있었다.

한국 전역에 퍼진 굵직한 범죄 조직이 전부 레지스탕스 소 속이었고, 그 범죄 조직의 하위 조직, 그리고 그 하위 조직까 지 내려가다 보면 결국 레지스탕스의 잔가지라는 결론이 나기 때문이다.

다시 말해 이것은 레지스탕스와의 전면전을 선포한 것이나 다름없는 말이었다.

레지스탕스의 수뇌부 역시 정부의 뜻이 무엇인지 알아들었고, 그날 이후부터 두 집단은 날카롭게 날을 세우게 되었다.

이러한 상황은 이후부터 연일 모든 매체를 통해 사람들에게 전해졌다.

모든 이들이 불안함에 떨고 있을 때, 유일하게 미소 지으며 상황을 관찰하는 사람이 있었으니.

"하음~ 드디어 내가 원하는 대로 돌아가네. 거봐, 이제 재밌어졌잖아?"

류시해였다.

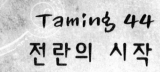

Taming 44
전란의 시작

초여름에 다다른 6월의 중순.

학교를 가지 않아도 되는 기분 좋은 토요일, 늦잠을 자도 상관없는 토요일, 하루를 늦게 시작해도 하등 문제 될 것 없는 토요일이었지만, 나는 새벽부터 맞춰놓은 알람 소리에 눈을 떴다.

띠리리리링—!

"흐아아암~!"

힘차게 기지개를 켜고 푹신한 침대에서 몸을 일으켜 알람을 껐다.

방 안은 지금이 새벽 5시라는 걸 알 수 없을 만큼 어둠만 가득했다.

내 방은 2층을 통째로 쓰는 형식이었고, 그래서 발코니가 달려 있었다.

발코니로 통하는 문은 전부 유리문이어서 빛이 아주 잘 들어온다. 한데도 이렇게 어두운 건 암막이 쳐져 있기 때문이었다.

촤악!

암막을 걷어내자 푸르스름한 새벽빛이 방안으로 흘러들어왔다.

유리문을 활짝 열었다.

기분 좋은 새벽 내음이 맡아지자 그것을 폐부 깊숙한 곳까지 들이마셨다가 천천히 내뱉었다.

"그럼 대충 씻고 나가볼까?"

괜시리 혼잣말을 중얼거리고서 돌아서는데, 나도 모르게 멈칫거렸다.

아직도 모던한 가구로 채워진 이 넓고 정갈한 공간이 내 방이라는 게 익숙해지지 않는다.

내가 평생토록 고급스러운 공간에서 살아봤던 건 에스테리앙 대륙으로 넘어간 뒤, 바르반의 손에 거두어져 보냈던 몇 년이 전부였다.

그다음에는 아르마의 배신으로 또 집도 절도 없는 낭인 생활을 했고, 지구에 귀환해서는 당장 내일 폭싹 주저앉아도 이

상할 것이 없는 집에서 보내야 했다.

그러니 이렇게 고급스러운 공간이 익숙해지려면, 그리고 내 집이라는 인식이 완벽하게 들려면 시간이 더 필요했다.

방에 딸린 화장실로 들어가 대충 세면을 하고 양치를 마친 뒤 운동복을 걸치고 집을 나섰다.

아버지는 아직 안방에서 주무시는 모양이다.

아마 일곱 시쯤 눈을 떠서 분주히 아침을 준비하실 것이다.

이 집으로 이사 온 이후부터 아버지의 얼굴에서는 웃음이 떠날 줄을 몰랐다.

매일같이 미소 가득한 아버지를 볼 수 있다는 건 기분 좋은 일이었다.

*   *   *

집을 나와서 내가 향한 곳은 사람들의 걸음이 닿지 않는 숲속 공터였다.

이곳은 자연적으로 형성된 장소다.

애초에 등산로가 이쪽으로 나 있지 않아 굳이 산을 헤집고 다니는 심마니가 아니라면 이 공터로 들어설 일은 없었다.

그럼 나는 여기를 어떻게 찾았냐?

타조를 타고 산 위를 날아다니다가 우연히 찾게 된 장소다.

공터가 제법 넓어서 펫들을 단련시키기 위한 장소로는 최고였다.

공터에 도착하자마자 펫들을 소환했다.

"소환, 몬스터 군단!"

몬스터 군단은 단체 소환 명령어다.

현재 내가 길들인 몬스터들은 그새 더 늘어 총 97마리다.

이 녀석들의 이름을 일일이 불러 소환시키는 건 중노동이기에, 단체 소환 명령어를 지정해 놓았다.

내 명령에 공터에 97개의 빛이 아롱이더니 곧 일제히 몬스터의 모습으로 변했다.

"뀨우웃!"

"라라랑~"

"토톳!"

펫들은 날 보자마자 눈이 하트가 되어서 우르르 달려들려 했다. 난 손을 들어 그들을 제지시켰다.

"스톱!"

우뚝!

녀석들이 내 명령에 일제히 멈춰 섰다.

그리고는 올망졸망한 시선을 내게 던졌다.

'귀여운 녀석들.'

짝짝!

난 박수로 녀석들의 주의를 전환시킨 뒤 말했다.

"오늘도 어김없이 몬스터 군단과의 전투를 대비한 훈련을 시작하도록 하겠다! 각자, 자신의 대장 뒤로 헤쳐 모여!"

"뀨우웃!"

"듀라라라~!"

"우루루!"

몬스터들이 일제히 대답하며 일사불란하게 움직였다.

잠시 후, 블링이와 꼬맹이, 흰둥이, 타조, 예티의 뒤로는 그들과 같은 종족인 녀석들이 몰려들어 오와 열을 갖추어 섰다.

하지만 퀸으로 진화하지 못한 샤오샤오와 시크냥, 사천사는 따르는 몬스터가 없었다.

때문에 난 시크냥과 사천사는 포인트를 몬스터 무리의 양쪽 끝으로 정해주었다.

거기 서서 몬스터 군단을 서포트해 주는 역할을 맡겼다.

그럼 샤오샤오의 포인트는?

"샤아아아."

여전히 내 다리 뒤였다.

펫의 수가 순식간에 많아지다 보니 샤오샤오로서는 도저히 적응할 수가 없는 모양이었다.

샤오샤오가 먼저 마음 열 수 있는 시간을 두고 느긋하게 친해지려 하면 아마 지금쯤 다 같이 어울리고 있을지도 모른다.

문제는 펫들이 아공간만 들어가면 샤오샤오를 가만두지 않는다는 것이다.

펫들은 샤오샤오를 어마어마하게 좋아한다.

그래서 샤오샤오를 집요하게 쫓아다닌다.

지금도 내 명령이 없었다면 이미 샤오샤오는 몬스터들 틈 바구니에서 부끄러워 죽으려 하고 있었을 것이다.

그나마 다행인 점이 있다면 샤오샤오가 아무리 부끄러워도 같은 편은 때리지 않는다는 점 정도다.

아무튼 이런저런 이유로 샤오샤오는 영원한 깍두기 신세가 되었다.

"자, 그럼 훈련을 시작한다! 너희들 후방에 몬스터 군단이 나타났다! 방심하는 사이 뒤를 잡혔어! 어떻게 해야 할까?"

내 말이 끝나자마자 다섯 마리의 퀸이 한데 모였다.

시크냥이 전광석화처럼 녀석들에게 다가와 공간이동의 능력을 발휘, 다섯 마리 퀸을 후방으로 옮겼다.

그 짧은 시간 동안 이미 일반 펫들은 깔끔한 동작으로 차차착! 뒤돌아서서 대열을 정비했다.

시크냥은 다시 자신의 위치에 와서 섰고, 사천사는 뒤돌아서서 몇 걸음 앞으로 나갔다.

그것으로 대열의 전방과 후방이 완전히 바뀌었다.

군더더기 하나 없는 깔끔한 동작이었다.

난 훌륭히 주어진 상황에 따라 움직인 펫들에게 박수를 쳐주었다.

짝짝짝짝!

"잘했다, 인석들!"

그러자 펫들이 헤~ 하고 웃으며 일제히 손이나 날개 촉수로 뒷머리를 긁적였다.

"이제 연습 시작인데, 누가 벌써부터 풀어져!"

처처척!

펫들이 화들짝 놀라 차렷 자세를 취했다.

"앞에 나타난 몬스터 군단이 저 멀리서 뛰어온다! 하지만 그 수가 적고 대단치 않은 저레벨 몬스터들이다! 어떻게 대처해야 할까?"

"뀨우웃!"

블링이가 크게 외쳤다.

그러자 블링이를 선두로 한 링링 군단이 앞으로 나섰고, 다른 펫들은 제자리를 지켰다.

"뀨우우!"

블링이의 외침이 다시 이어지자 38마리의 링링이 중 14마리가 마구 앞으로 돌진했다. 그리고 나머지 24마리는 세 마리씩 블링이의 몸속으로 스르르 스며들어 갔다.

블링이는 자신의 몸 안에 들어온 링링이들을 대포알처럼 입으로 뻥뻥 쏴댔다.

"뀨우!"

"뀨웃!!"

링링이들은 빠르게 가상의 적진을 향해 날아갔다.

그러는 와중에도 전진 부대 링링들은 진격을 멈추지 않았고, 블링이가 자신의 몸에 차례차례 올라탄 24마리의 링링이들을 모두 쏘아 보냈을 무렵, 전진 부대 링링이들도 적진에 다다랐다.

만약 지금 저 앞에 정말 적군이 있었다면 1차로 블링이 쏘아 보낸 링링이들에게 당해 몸 구석구석이 녹아내렸을 것이고, 2차로 도착한 전진 부대 링링이들에게 발과 다리를 잃었을 것이다.

물론 그 와중에 링링이들의 희생도 상당하겠지만 어쩔 수 없다.

링링이들은 애초에 자살특공대의 역할을 하기 위해 테이밍한 것이다.

그래서 내가 이놈들에게는 정을 안 주고 있다.

미련 없이 보내야 하기 때문이다.

물론 이렇게 희생해서 부족해진 링링의 수는 다른 던전을 돌 때 다시 테이밍하면 그만이다.

아무튼 이것은 적의 세력이 크게 보잘것없을 때의 대처법이다.

"저레벨 몬스터 군단을 해치고 나니 바로 3레벨 몬스터들이 우르르 몰려오고 있다! 어떻게 해야 할까?"

임무를 마친 블링이가 뒤로 빠졌다.

그러자 가상의 적진에 도달했던 링링이들이 우르르 몰려와 그런 링링의 곁에 오와 열을 갖추어 섰다.

이어, 예티가 앞으로 나와 자신의 부대에게 명령을 내렸다.

"듀라라!"

그러자 듀라란 7마리가 일제히 입을 쩍 벌리고 크게 소리쳤다.

"듀라라라라라라―!"

소닉붐이었다.

물론 이 숲속에서 진짜로 소닉붐을 시전하지는 않았다. 그저 흉내만 낸 것이다.

7마리의 듀라란이 동시에 발포하는 소닉붐은 가공할 위력을 자랑한다.

3레벨 정도의 몬스터 군단은 그것 한 방으로 이미 바닥을 굴러다닐 것이 분명했다.

짝짝짝!

"좋아, 잘했어! 이번 몬스터들은 예티의 소닉붐까지 필요하지도 않았어. 거의 전멸했고 나머지 잔당은 다른 펫들이 처리했지! 어? 그런데 저 멀리서 5레벨 몬스터 군단이 다가온다! 게다가 퀸도 있어! 어떻게 대처해야 하지?"

내 명령에 이번엔 모든 몬스터들이 분주하게 움직였다.

난 그 광경을 흐뭇하게 구경했다.

그런데.

"샤아아……."

"응? 샤오샤오. 방금 뭐라고 했어?"

"샷."

샤오샤오는 아무것도 아니라는 듯 고개를 절레절레 저었
다.

한데 난 확실히 들었다.

이 녀석이 방금 혼잣말 하듯 중얼거리는 말을.

샤오샤오는 분명 '왜 저런 데 힘을 빼는 거야?'라고 했다.

이거, 무슨 의미로 받아들여야 하는 걸까.

정말 알다가도 모를 녀석이다.

*   *   *

훈련을 마치고 집으로 돌아오니 아버지가 막 아침상을 다
차려가는 중이었다.

아버지와 아침을 먹은 뒤, 이번엔 개인 훈련을 하기 위해 다
시 공터를 찾았다.

두 시간 동안 체력 단련을 하고 내려와 샤워를 마친 다음,
건축자재를 파는 상회로 향했다.

그곳에서 미리 적어 온 자재 품목들을 보여준 뒤, 값을 치
르고서 점심 전까지 우리 집 창고에 넣어달라 부탁했다.

상회에서는 늦장 부리지 않고 내가 말했던 시간에 자재들
을 가져다주었다.

난 창고에 쌓인 건축자재들을 보며 고개를 주억거렸다.

"좋아. 점심 먹기 전에 끝낼 수 있겠어. 소환, 듀라란들!"

이것 역시 광역 소환 명령어다.

'듀라란 군단!'이라고 외치면 예티를 포함한 듀라란이 모두 소환되고, '듀라란들!'이라고 하면 예티를 제외한 일반 듀라란들만 나타난다.

창고에서는 예티를 소환할 수가 없다.

창고 천장의 높이가 3미턴데 예티의 키는 그보다 훨씬 크다.

여기서 소환했다간 애써 만든 창고 다 무너진다.

7마리의 듀라란들은 소환되자마자 내 명령에 따라 건축자재들을 아공간으로 열심히 옮겨 날랐다.

녀석들이 건축자재를 한 번에 많이 들어 올리면 난 놈들을 아공간으로 다시 돌려보냈다가 재소환해 또다시 건축자재를 들게 한 뒤 아공간으로 돌려보내기를 반복했다.

그렇게 오늘 사들인 모든 건축자재들을 아공간으로 보낸 뒤, 나도 아공간에 발을 들였다.

아공간엔 이미 튼튼한 반석 위에 철심으로 잘 세워진 거대한 저택의 뼈대가 완성되어 있었다.

건축이라는 게 아무나 할 수 없는 일이긴 하지만, 이미 에스테이랑 대륙에서 아공간에 성을 만들며 산전수전 다 겪어 본 터라 내겐 크게 어려울 것이 없었다.

게다가 이공간에서의 건축은 건물만 세우면 그만이다.

물이 흐르지 않기 때문에 수도 배관 같은 걸 신경 쓸 필요가 없고, 전기가 존재치 않으니 전선 공사 역시 무시해도 된다.

무조건 튼튼하게, 그럴싸한 익스테리어와 몬스터들이 휴식하기에 적합한 내부를 만들어놓으면 된다.

"얘들아, 그럼 작업 시작해 보자! 다들 건축자재 들고 시키는 대로 움직여!"

펫들은 일제히 고개를 끄덕였고, 이후부터 내 명령에 따르며 차근차근 건물을 지어나갔다.

아, 내가 지금 지으려는 것은 위에도 넌지시 말했지만 성이 아닌 거대 저택이다.

에스테리앙 대륙에 있을 때는 성을 만들었지만 여기는 지구이니만큼 여기 환경에 맞도록 건물의 성향도 바꿔볼 생각이다.

완성된 저택의 모습을 뼈대 위에 덧입혀 보니 벌써부터 가슴이 두근거린다.

그나저나 류시해 이 새끼… 이제 슬슬 잡으러 다녀야 하는데.

이 인간에 대한 분노가 사그라들기 전에 움직여야겠다.

"오늘 점심 먹고 당장 이놈 찾으러 간다."

그 사건 이후 한 번도 마주친 적이 없어서 도통 볼 수가 없었다.

내가 만나자는 메시지를 보내면 과연 만나주려나?

만약 내 메시지를 무시하고서 숨어버리면 찾아낼 방법이 묘연하다.

하지만 어떻게든 찾는다, 내가.

너, 목 닦고 기다려라.

*　　　　*　　　　*

점심을 먹자마자 류시해에게 메시지를 보냈다.

전화번호를 알지 못하니 던전 레이더로 류시해의 던전 레이더를 검색한 후, 연락 바란다는 짧은 문자를 남겼다.

하지만 답장은 오지 않았다.

내가 보낸 메시지를 확인했다는 표시는 뜬다. 그러나 그걸로 끝이었다.

난 류시해에게 음성 통화를 시도했다. 그러나 신호음이 몇 번 가기도 전에 끊어졌다. 통화를 거절한 것이다.

"이 자식이 근데?"

입고 있던 것을 외출복으로 환복한 뒤 집 밖으로 나가며 다시 한 번 메시지를 보냈다.

─류시해. 너 나랑 해결해야 할 일 있잖아? 어디야. 얼굴 좀 보자.

띠링!

"어라?"

'이번에도 씹히겠지'라는 예상과 달리 칼답이 왔다.

어디 이 녀석이 뭐라고 답장을 보냈는지 한번 볼⋯⋯.

─하음~

"⋯⋯."

정말, 진심으로 던전 레이더 벗어서 집어 던질 뻔했다.

하여튼 사람 약 올리는 데는 천부적인 재능이 있는 인간이다.

이 자식을 어디서 찾아야 하나 고민하며 집 앞 거리를 서성이고 있을 때였다.

스마트폰이 시끄럽게 울어댔다.

전화를 건 사람은 이환이었다.

이환과는 연애를 하기로 한 날 이후부터 딱 한 번 보고 이후로 만나지 못했다.

그녀가 몸담고 있는 가람파에서 일주일 전부터 대규모의 합동 훈련을 시작했기 때문이다.

훈련 기간이 무려 2주에 달하고, 이 기간 동안은 콜도 받지 못한다고 그녀는 말했었다.

거의 쉴 틈을 주지 않고 굴리는 바람에 하루 종일 녹초가 되어 있으며 밥 먹는 시간도 30분밖에 되지 않는다고 한다.

저녁을 먹고 야간 훈련까지 마치면 전부 다 파김치가 되어 잠자기 바쁘단다.

훈련 기간 동안 하루에 허락되는 수면 시간은 다섯 시간이 고작이기 때문이다.

훈련은 새벽부터 시작해서 늦은 밤까지 이어진다.

한마디로 쉴 틈이 없다.

때문에 그 혼란스러운 와중 이렇게 전화를 걸어주는 것 자체가 고마운 일이었다.

다행스럽게도 핸드폰은 뺏지 않는 모양이었다.

다만 핸드폰을 들여다볼 시간이나 전화 통화를 할 기운 자체가 없을 뿐이지.

"여보세요."

―저예요.

"알고 있어. 훈련은 어때요?"

―견딜 만해요. 점심 빨리 먹고 시간이 조금 나서 전화했어요.

"응, 고마워. 한 사흘 만에 목소리 듣는 건가?"

―그런 것 같아요. 뭐 하고 있었어요?

"류시해 잡으러 가려던 참이야."

―류시해 씨를요?

"응."

─어지간하면 그 사람이랑은 엮이지 않는 게 현명할 것 같은데요.

"나도 그러고 싶은데, 놈이 도저히 용서할 수 없는 짓을 저질렀어."

─제가 여기 있는 사이 류시해 씨와 무슨 트러블이 있었나요?

"아니."

─그럼요?

이환의 물음에 나는 류시해의 만행을 얘기할까 말까 잠시 고민했다.

내가 여태껏 류시해가 했던 짓거리를 함구하고 있는 건 길드 차원에서 그를 단죄하는 것이 싫었기 때문이다.

류시해는 내가 잡아야 한다.

그런데 이환의 정직한 성품상, 이런 얘기를 해버리면 그녀는 십중팔구 길드에 이를 알릴 것이 틀림없었다.

선뜻 대답을 해주지 않자 이환이 재차 물어왔다.

─어떤 일이 있었는지 말해줘요. 이제 얼마 통화 못 해요.

"이환. 그 전에 약속해 줘요. 내가 하는 얘기 전부 비밀로 하겠다고.

─비밀로 해야 할 만큼 큰일인가요?

"큰일이야. 그리고 길드에 보고되면 안 되는 일이기도 하구요. 그랬다간 내가 류시해를 못 잡아요. 길드 측에서 녀석을 먼저 잡으려고 나설 게 분명하니까."

스마트폰 너머로 잠시 정적이 찾아들었다.

들리는 거라고는 그녀의 낮은 숨소리뿐이었다.

이환은 고민하고 있었다.

그러다 그녀가 어렵게 입을 열었다.

―음… 알았어요.

"알았다고? 이환, 그게 무슨 뜻인지 알아요? 자기가 어떤 말을 한 건지 정확히 인지한 거야?"

―네. 사실 이건 맞지 않는 일이지만 이번만큼은 그렇게 할게요. 아무한테도 말하지 않을게요. 길드에 보고를 올리는 일도 없을 거예요.

이환이 나 때문에 그녀의 신념을 억눌렀다.

그래, 이게 연인이라는 거지.

이환이 저렇게까지 나오는데 말을 안 해줄 이유가 없었다.

난 류시해와 나 사이에 있었던 그날의 사건을 간략하게 정리해서 그녀에게 들려주었다.

이윽고 들려온 그녀의 음성엔.

―그게… 정말인가요?

분노가 가득 담겨 있었다.

"내가 거짓말할 이유가 있겠어?"

―알겠어요. 아진 님이 류시해를 직접 잡고 싶어 하는 이유,

충분히 납득이 되네요.

"이해해 줘서 고마워."

─이해라기보다는 인간으로서 용납할 수 없는 짓을 한 류시해에 대한 분노 때문이라고 해둘게요.

"이럴 때도 확실하게 정리해 주네. 역시 이환은 어디 안 가, 그치?"

─이제 끊어야 할 것 같아요. 부디 일 잘 마무리하시길 바랄게요.

통화는 그렇게 끊겼다.

그리고 다시 막막해졌다.

"류시해, 대체 어떡해야 널 만날 수 있는 거냐."

부질없이 집 근처 보도블록만 이리저리 밟아대며 시간을 보내던 때였다.

띠링─!

류시해에게서 다시 메시지가 왔다.

던전 레이더를 확인해 보니 이렇게 적혀 있었다.

─내가 그렇게 보고 싶어, 우리 자기? 그럼 소양2교 오리배 타는 곳으로 와~

"소양2교 오리배 타는 곳?"

그곳이 어디인지 알고 있다.

소양2교 부근에는 여행객을 상대로 오리배를 운영하는 곳이 몇 군데 있다.

일전에 아버지와 함께 심심해서 몇 번 같이 타봤던 적도 있었다.

난 타조를 소환한 뒤 등에 올라탔다.

"타조! 내가 가리키는 곳으로 날……!"

타조에게 명령을 내리려다 말고 입을 다물었다.

왜 갑자기 류시해가 내게 그곳으로 오라고 하는 것일까?

이 녀석은 지금 내가 자신에게 해코지하려 한다는 걸 알고 있다.

그런 녀석이 순순히 날 만나줄 리가 없다.

이건 함정일지도 모른다.

그럴 가능성이 아주 농후하다.

"하지만 거기는 늘 사람이 많은 장소인데."

설마 사람 많은 곳에서 무슨 짓을 저지르기야 하겠냐 싶다가 그놈이 얼마나 미친놈인지 인지하는 순간 생각이 바뀌었다.

"충분히 그럴 수 있는 놈이야."

내가 고민하고 있을 때.

띠링―!

또다시 류시해에게서 메시지가 도착했다.

—겁나면 오지 말고~

겁나? 누가 겁나나? 내가? 말도 안 되는 소리.

그 장소에 가느냐 마느냐 망설이고 있었던 건, 함정이라는 걸 알면서도 속아주는 것 자체가 짜증 났기 때문이다.

류시해가 미친놈인 건 알겠는데, 나 역시 정상인의 범주를 훨씬 벗어나는 정신 상태를 가진 인간이다.

내가 다른 세상에서 살고 온 10년의 세월을 놈은 알지 못한다.

그래서 내 머리 꼭대기에 서 있는 줄 알고 까불어대는 것이다.

그럼 알려줘야지.

누가 더 위에 있는지.

"타조, 소양2교로."

"우루루루!"

* * *

소양2교에 도착해 오리배가 있는 곳으로 향했다.

주말을 맞아 춘천을 찾은 관광객들이 오리배를 즐기기 위해 제법 몰려 있었다.

그들 중 몇몇이 내 얼굴을 알아보고 인사를 건넸다.

난 대충 그 인사를 받아주는 척하며 류시해를 찾았다.

하지만 도통 녀석의 모습은 찾아볼 수가 없었다.

―어디냐. 오라 그랬으면 숨지 말고 나와라.

놈에게 메시지를 보내자 바로 답이 왔다.

―벌써? 이렇게 빨리 올 줄은 몰랐네~ 우리 자기, 나 보고 싶어서 몸이 달아 있었나 봐? 거의 다 왔으니까 조금만 기다려♡

미친 새끼.

하여튼 얼굴 마주하는 순간, 그날이 네 제삿날인 줄 알아라.

내가 오매불망 류시해만 기다리며 시간을 보내고 있을 때였다.

"여~ 미러클 테이머!"

척 보기에도 심하게 건들거리는 떡대 세 놈이 날 알은척했다.

가뜩이나 속에서 열불이 이는 판국이다. 심정 같아서는 초주검이 되도록 쥐어 패고 싶었으나 참고서 모른 척했다.

그냥 이대로 지나가 주기를 바랐다.

그런데 역시 이런 부류들은 나이를 아무리 먹어도 철이 들지 않는다.

"뭐야? 사람이 반갑게 인사해 주는데 왜 쌩까? 얼굴 좀 알려졌다고 유세 떠는 거야, 뭐야?"

"아, 졸라게 띠껍네."

"그렇게 거만 떨 거면 길거리를 돌아다니지 마. 그럼 우리처럼 아는 척하면서 귀찮게 구는 인간들 안 만나도 되잖아."

짜증 나네.

난 떡대들을 쳐다보지도 않고 경고했다.

"그냥 가라."

"그냥 가라? 못 가겠다면?"

"왜? 비욘더가 민간인한테 손찌검이라도 하시게?"

"비욘더 딱지 오늘부로 떼고 싶으면 한번 건드려 봐. 응? 건드려 보라고."

건드는 정도가 아니라 사지를 부러뜨리고 싶은 마음이 한가득이다.

하지만 참아야 한다.

이 녀석들 말대로 비욘더는 민간인을 함부로 건드려서는 안 된다.

그러나 만약의 상황이라는 것이 터질지도 모르니 놈들 모르게 블랙윙을 출사시켰다.

이제부터 모든 상황은 블랙윙에 담기고 차서린에게 생중계된다.

이 자식들이 날 먼저 건드리면 난 적당히 때려주고 정당방위 받으면 끝이다.

물론 그런 복잡한 상황 터지기 전에 류시해가 도착해 준다면 더 좋……

빽!

"……!?"

뭐야, 방금?

이거 진짜야? 떡대 세 놈 중 눈이 쫙 찢어진 족제비 같은 놈이 다짜고짜 주먹질을 한 거야? 그것도 내 얼굴에다가?

"이야, 역시 비온더라 그런지 그냥 안 넘어지네."

"나도 한번 쳐보자."

"나도 나도."

이거 뭐지?

아무리 건달 양아치 새끼들이 세상 막 사는 인간들이라고 해도 이건 아니다.

마치 작정하고 시비를 거는 듯한 모습이다.

뭔가가 있다.

난 족제비 일당을 가만히 살폈다.

이 녀석들은 애초에 이럴 목적으로 내게 접근한 것이 틀림없었다.

한데 무엇 때문에?

이런다고 이 녀석들이 얻는 게 대체 뭐길래?

혼란스러운 와중 족제비가 키득거리며 조롱 섞인 음성으로 말했다.

"여기서 기다리면 류시해가 올 줄 알았어?"

"뭐?"

그때였다.

부아아아아앙—!

엄청난 엔진 소리가 도로 쪽에서 들려왔다.

나를 비롯한 모든 사람의 시선이 도로로 향했다.

도로 위엔 총천연색으로 코스튬을 한 스포츠카 한 대가 미친 속도로 질주하고 있었다.

그건 류시해의 차였다.

"류시해!"

내가 류시해를 쫓아가려 할 때였다.

뻑! 뻐억!

"……!"

이번엔 들창코를 가진 새끼와 원숭이 닮은 새끼가 동시에 내 옆구리를 가격했다.

이미 6클래스가 된 내게 일반인의 주먹은 별다른 대미지를 주지 못했다.

하지만 내 기분을 더럽게 만들기에는 충분했다.

"마지막으로 경고하는데, 비켜라."

"우리랑 먼저 놀자, 미러클 테이머. 우리가 너한테 지면 어디로 가야 류시해를 만날 수 있는지 알려줄 테니까."

이거였나?

류시해가 나를 여기로 불러들인 이유.

이 따위 유치한 장난을 치기 위해서였나?

"너희들이 날 먼저 건드렸고, 그 과정은 전부 녹화되었어. 이제 네놈들 반 죽여놔도 난 정당방위야. 비욘더가 민간인을 건드리는 것도 문제지만, 아무 잘못도 하지 않은 비욘더에게 고의적으로 행패를 부리는 것 역시 얼마나 위험한 일인지 잘 알 거다. 이런 경우 내가 네놈들을 족쳐놔도 너희들은 법의 보호를 받지 못해. 그래서 한 번만 더 기회를 줄 테니까, 더러운 꼴 당하기 싫으면 어디로 가야 류시해를 만날 수 있는지만 알려주고 꺼져."

내 경고에도 세 녀석은 서로 시선을 주고받더니 씩 웃을 뿐이었다.

"싫다는 얘기구나. 다 너희들이 초래한 결과다."

"입 그만 털고 오라니까!"

족제비가 다시 내게 주먹을 내질렀다.

하지만.

뻐억!

"크읍!"

한 박자 늦게 뻗은 내 주먹이 먼저 족제비의 안면을 강타했다.

족제비는 입과 코에서 피를 뿜으며 뒤로 넘어갔다.

털썩.

그러자 들창코와 원숭이가 협공을 하려 들었다.

쓸데없는 짓이다.

퍽! 빡!

"악!"

"컥!"

놈들도 족제비처럼 안면을 사이좋게 얻어맞고 널브러졌다.

세 놈 다 콧잔등이 주저앉았고 앞니가 빠졌으며 얼굴은 피범벅이 된 채로 기절했다. 너무 싱거웠다. 류시해는 왜 고작이런 놈들을 내게 보낸 거지?

의아해하던 와중에 놈들의 훤히 드러난 어깨에 똑같이 그려진 십자가 문신이 눈에 들어왔다.

뱀이 몸뚱이를 휘감고 있는 검은색 십자가.

그건 레지스탕스를 상징하는 표식이었다.

*　　　　*　　　　*

"타조, 안 보여?"

"우루루~"

난 15분째 타조를 타고서 소양2교 일대를 샅샅이 살피는 중이다.

하지만 류시해의 스포츠카는 보이지 않았다.

내게 껄떡대던 건달 세 놈을 단숨에 정리하고서 바로 날아 올랐건만, 류시해는 그새 모습을 감췄다.

참고로 건달들은 모두 포획해서 타조의 등에 태웠다.

녀석들은 아래로 떨어지지 않도록 블링이가 몸을 밧줄처럼 길게 늘어뜨려서 루루의 몸에 묶어놓았다.

물론 산성액을 표피 밖으로 뿜어내지 않은 상태로 말이다. 만약 그랬다간 저 건달들 그 자리에서 녹아 사라진다.

"그 새끼, 진짜 빠르네."

도통 류시해의 흔적을 찾지 못해 투덜거리고 있자니 뒤에서 미약한 신음이 들려왔다.

"으으음."

"깼냐?"

슬쩍 고개를 돌려 묻자 가장 먼저 정신을 차린 족제비가 내게 눈을 흘기다가.

"너 이 새끼… 음?"

자신이 처한 상황에 어리둥절해하더니, 밑을 슥 보고서는.

"커헉! 뭐, 뭐야 이거?"

기겁을 했다.

땅에서 기절했는데 까마득한 상공을 날고 있으니 그럴 만도 하지.

"너, 너 지금 무슨 짓 하려는 거야!"

족제비의 난리통에 들창코와 원숭이도 눈을 떴고, 족제비와 비슷한 반응을 보였다.

"으아악!"

"여, 여기 어디야!"

"내가 길들인 몬스터 등이다. 조용히 좀 해. 귀청 따가워."

"이 개새끼야! 우리를 이기면 류시해가 어디 있는지 가르쳐 준다고 했잖아!"

"이렇게까지 할 필요가 이, 있냐!"

오버하기는.

이 자식들은 내가 지들을 이 높은 곳에서 떨어뜨리려 하는 줄 아는 모양이다.

"이것들이 누구를 살인자로 만들려고. 아니다. 이미 사람은 많이 죽여봤구나."

에스테리앙 대륙에서 전쟁할 때 숱하게 죽였었지.

내 말에 건달 녀석들의 얼굴은 사색이 되었다.

"류, 류시해 어디 있는지 알려준다니까 이 새끼야!"

"말로 하자, 응? 말로 해!"

이놈들이 기세등등해서 까불 땐 언제고 정말 목숨이 경각에 놓였다 생각되니까 완전히 쫄보가 되었다.

딴에는 내가 자기들을 크게 해하지 못할 거라 생각했던 모양이다. 사실, 그게 맞다. 이런 잔챙이들을 어떻게 하고 싶은 마음은 없다. 순전히 녀석들이 멋대로 오해했을 뿐이다.

"그럼 말해. 류시해가 어디 있는지."

"세, 세명파! 이세명이가 대가리로 있는 세명파 사무실로 가면 돼!"

"그 사무실이 어딘데?"

"후, 후평2동에 있는 유진빌딩 3층!"

"거기 갔는데 류시해 못 만나면 니들 다 죽는다."

"우리가 거기까지는 책임 못 져! 우린 그냥 류시해가 시키는 대로 한 거란 말이야!"

"류시해가 시키는 대로 해? 너희들이 류시해 따까리라도 되냐? 대가리가 있으면 생각을 해봐라. 비욘더가 레지스탕스 소속 녀석들한테 명령을 내리는 게 말이 돼? 레지스탕스 놈들이 비욘더의 말을 듣는 건 말이 되고?"

"그딴 거 알게 뭐야 씨발! 돈 준다는데 그런 게 뭐가 중요해!"

"돈?"

"너한테 가서 껄떡대다가 적당히 얻어맞고 세명파 아지트로 유인하라 그래서 그대로 했어. 그게 다야."

류시해 이 자식이 대체 무슨 작당을 꾸미고 있는 거지?

나를 잡아서 자기한테 득 될 일이 뭐가 있다고 이런 식으로 일을 벌이는 거야?

"다 얘기했으니까 그만 좀 내려주면 안 되겠냐."

원숭이가 식은땀을 뻘뻘 흘리며 부탁했다.

녀석은 셋 중 가장 불안해하고 있었다.

낯빛이 하얗게 질리는 것이 이대로 조금 더 있다가는 또 한 번 졸도할 것 같았다.

"너 고소공포증 있지?"

"……."

내 물음에 원숭이는 아무말도 못하고 마른침만 꿀꺽 삼켰다.

"그래, 내려줄게. 그런데 곱게 내려주기는 싫고."

"고, 곱게 내려주기 싫다니?"

"타조."

"우루루~!"

"더 높이 올라가."

"우루루루!"

내 말에 타조가 그대로 수직 상승했다.

그에 타조의 등에 타고 있는 건달들이 죽어라 비명을 질러 댔다.

"으아아아아악!"

"사, 사람 살려어어어어!"

"다시 빠르게 하강."

"우루루루!"

타조가 미친 듯한 속도로 하강했다.

"끄어어!"

"……."

갑자기 타조가 바닥으로 곤두박질 치자 족제비를 제외한
두 놈이 그냥 기절했다.

타조는 지면에 충돌하기 전, 날갯짓을 해 몸을 띄운 다음
천천히 착륙했다.

난 건달 세놈을 풀어서 바닥에 팽개쳤다.

콰당탕!

"으윽……."

족제비가 눈물이 그렁그렁해서는 기절한 동료들과 뒤엉켜
널브러졌다.

난 족제비에게 넌지시 물었다.

"그런데 너희들은 무슨 파냐?"

"싸, 쌍칼……."

족제비는 정신이 없는 와중에 저도 모르게 대답을 내놓고
서 얼른 입을 다물었다. 하지만 이미 늦었다.

"아~ 쌍칼? 비욘더를 해하려 했으니 이미 중범죄를 저지른
거 알지?"

"뭐?"

"감이 없네. 얼마 전에 정부에서 범죄와의 전쟁 선포한 거
몰라?"

"우, 우린 그냥 너한테 시비 건 게 전분데 그게 무슨 범
죄……."

"레지스탕스와 비욘더가 붙으면서 비욘더 열한 명이 죽었고, 그로 인해 범죄와의 전쟁이 선포되었어. 그러니까 이 상황은 누가 봐도 너희들이 개인적으로 나한테 시비를 건 게 아니야. 너희들 레지스탕스 소속이잖아? 레지스탕스가 비욘더를 건드린 거야. 그러니까 엄청난 중범죄가 되는 거지."

족제비의 눈동자가 파르르 떨렸다.

이 녀석은 일이 이렇게까지 커질 것이라고 생각 못 한 모양이었다.

이래서 멍청하면 평생 고생하는 거다.

아마 류시해가 세상 돌아가는 꼴도 모르는 멍청한 녀석들을 포섭해서 이런 일을 벌인 것이겠지.

생각이 있는 인간이면 결코 돈 좀 받겠다고 이런 일을 하지는 않을 테니까.

난 던전 레이더로 비욘더 길드에 콜을 했다.

—블랙윙이 전송한 상황 모니터했어요. 쌍칼파 조져놓으면 되는 거죠? 알아서 조치할 테니 볼일 보세요.

차서린이 일방적으로 통보하고서 통신을 끊었다.

와들와들 떨고 있는 족제비에게 난 씩 웃어주며 말했다.

"축하해. 너희들이 오늘부로 쌍칼파를 없앴어."

*   *   *

건달들을 정리한 뒤, 나는 타조를 타고 후평2동 유진빌딩까지 날아왔다.

빌딩 앞 도로변에는 류시해의 스포츠카가 주차되어 있었다.

빌딩 지하에 주차장이 마련되어 있는데도 굳이 여기다 주차해 놓은 건 날 도발하려는 목적이 분명했다.

제발 이번에는 얼굴 좀 보기를 간절히 바라며 3층으로 향했다.

3층 복도엔 사무실로 통하는 문이 하나밖에 없었다. 세명파는 3층 건물을 통째로 사용하고 있는 듯했다.

"소환, 블링이, 꼬맹이, 흰둥이, 샤오샤오, 시크냥."

난 만약의 사태를 대비해서 덩치가 작은 펫들을 소환했다.

샤오샤오는 이제 조금 다른 펫들과 익숙해진 듯 한결 편안해진 얼굴이었다.

그리고 블랙윙도 작동시켰다.

"시크냥. 우리 전부 건물 안으로 공간이동시켜. 아, 블랙윙도."

"냐아~"

시크냥이 대답하자마자 내 앞의 공간이 무너지더니 순식간에 재조합되었다.

공간이동을 한 것이다.

나와 펫들은 넓은 사무실 공간 안에 서 있었다.

사무실 내부에는 열다섯가량 되는 건달들이 놀란 눈으로 우리를 바라보고 있었다.

"저, 저것들 뭐야!"

"미러클 테이머!"

"공간이동한 거야? 저런 것도 가능했어?"

건달들이 웅성거리며 정신없어하는 사이 내가 놈들에게 물었다.

"여기에 오면 류시해 볼 수 있다고 해서 왔는데, 어디 있냐."

그러자 왼쪽 뺨에 긴 흉터가 있는 사내가 비리게 웃으며 앞으로 나섰다.

"실제로 보는 건 처음이네, 미러클 테이머."

"너 뭔데?"

딱 보기에도 마흔은 족히 되어 보이는 사내에게 다짜고짜 반말을 던졌다.

서로 이빨 드러낸 상황에서 존대해 줄 필요는 없었다. 한데 이 건달 새끼들은 그런 내 태도가 몹시 맘에 안 드는 모양이다.

하나같이 눈을 부리부리하게 뜨고서 날 노려봤다.

그렇게 노려보면 한 번 더 긁어줘야지.

"너 뭐냐고."

"나? 여기 있는 애들 먹여 살리고 있는 사람."

"네가 이세명이냐?"

"그래. 내가 이세명인데… 어린놈이 말이 계속 짧네? 가정교육 못 받았나?"

"까고 있네. 지금 내가 너한테 존대해 줄 상황이냐? 류시해 어디 있어?"

"맞다, 너 류시해 만나러 온 거지? 그런데… 그놈 여기 없는데?"

"뭐?"

"여기 없다고."

하아, 류시해 이 새끼, 나랑 지금 술래잡기하자는 거야, 뭐야?

"그럼 어디 가면 만날 수 있는지 얘기해."

필시 그런 정보를 한 번에 말해주지 않을 거라는 내 예상과 달리, 이세명은 순순히 대답했다.

"주상철을 찾아가."

"주상철?"

"헤르메스. 춘천에 있는 가장 큰 조직 중 하나다. 거기 총책임자가 주상철이고. 이 시간이면 아마 사무실에서 서류더미랑 씨름하고 있을 건데, 류시해 찾으러 왔다고 정중하게 얘기해 봐."

"너희들 이러는 이유가 뭐냐? 류시해한테 돈 받았나?"

"돈? 그깟 돈 몇 푼 받는다고 비욘더 상대로 박치기할 멍청이는 아니고."

내가 봐도 이 녀석들은, 특히 이세명은 족제비 일당과 달리 머리가 있는 인간이다.

그런데 건드렸다가 피만 볼 게 뻔한 일에 왜 뛰어든 건지 정말 모를 일이다.

"그럼 뭔데?"

"류시해가 나를 감동시켰거든. 우리 애들도 전부 다, 감동했지. 앞으로 새 시대가 올 것이고, 우리는 그 시대를 여는 주역이 되는 것이고."

"새 시대?"

"뭔지 궁금하지? 근데 거기에 대해서는 쉽게 주둥이 털 수 있는 부분이 아니라 궁금한 대로 남겨두기로 하고. 우리는 목숨을 걸고서 새 시대를 열고자 하는 류시해의 뜻을 따르기로 했다는 것만 알아두면 되겠네."

"아무래도 난 들어야겠는데. 그 새 시대라는 게 무엇을 말하는 건지."

"어차피 우리는 널 주상철이한테 곱게 보내줄 생각이 없었어. 피를 꼭 보긴 봐야했다는 말이지. 그리고 한 가지 더. 새 시대에 대해서도 말할 생각이 없어. 아니, 이제 말하고 싶어도 그럴 수 없어질 거라는 게 더 맞는 말이겠네."

"개소리 지껄이고 있네. 내가 사람 고문하는 기술을 좀 알거든. 영혼까지 탈탈 털리고서 강제로 입 열게 하기 전에 순순히 말하는 게 좋을 거야."

"말귀를 잘 못 알아먹는구만. 말하고 싶어도 그럴 수 없어질 거라고 했잖아!"

이세명이 소리치며 주머니에서 알약을 꺼내 씹어 삼켰다.

그와 동시에 다른 놈들이 알약을 입에 넣었다.

어? 저 알약… 혹시!

꿀꺽!

세명파 놈들이 동시에 알약을 삼켰고, 다음 순간.

"크와아아아아아!"

"꾸우우우!"

"카라락!"

가지각색의 4레벨 몬스터들도 변화했다.

그 광경을 멍하니 보고 있던 찰나, 내 머릿속에서 여러 가지 생각이 동시에 떠올라 어지럽게 뒤엉키는가 싶더니, 갑자기 가지런히 정리되었다.

"류시해… 이 새끼가 범인이었어."

사람들을 몬스터로 변화시키는 알약은 류시해에게서 나온 것이 틀림없었다.

내가 혼잣말을 중얼거리고 있을 때, 몬스터들이 동시에 내게 달려들었다.

"미안한데 너희 같은 피라미들이랑 놀아주고 있을 시간이 없다."

난 내 다리에 매달려서 몬스터들을 보며 부끄러움에 파르르 떨고 있는 샤오샤오를 집어 들었다.

"샤, 샤아?(서, 설마?)"

그리고.

"샤오샤오 핵폭탄!"

샤오샤오를 몬스터 무리에 냅다 집어 던졌다.

"샤아아아아아!(이 주인 놈아아아아아!)"

샤오샤오가 달려드는 몬스터들과 정면으로 부딪히는 순간 고사리 주먹을 내질렀다.

"샤아아! 샤샤샷!(부끄러우니까 저리 가아아아아아!)"

콰아아앙!

엄청난 굉음과 함께 선두에 있던 몬스터의 복부가 퍽! 하고 터져 나가는가 싶더니.

퍼퍼퍼퍼퍼퍼퍼퍽!

그 뒤에 있던 몬스터 15마리의 몸뚱이가 충격파에 노출되어 일제히 터져 나가 케첩이 되었다.

"샤아아(피 싫어!)!"

그 와중에 샤오샤오는 몸에 피가 묻는 게 싫다고 소리치더니 공중에서 몸을 빙글 돌려 짧은 다리로 허공을 박찼다.

"어라?"

아무것도 없는 허공을 어떻게 박차는 건지 내 상식으로는 도저히 이해할 수 없었지만, 아무튼 샤오샤오는 내가 집어 던졌던 것보다 더 빠른 속도로 하늘을 날아 되돌아와 내 품에 안겼다.

그러더니 안도의 한숨을 내쉬며 가슴을 쓸어내렸다.

"샤아아아아.(위험했어.)"

…내가 보기엔 네가 제일 위험해.

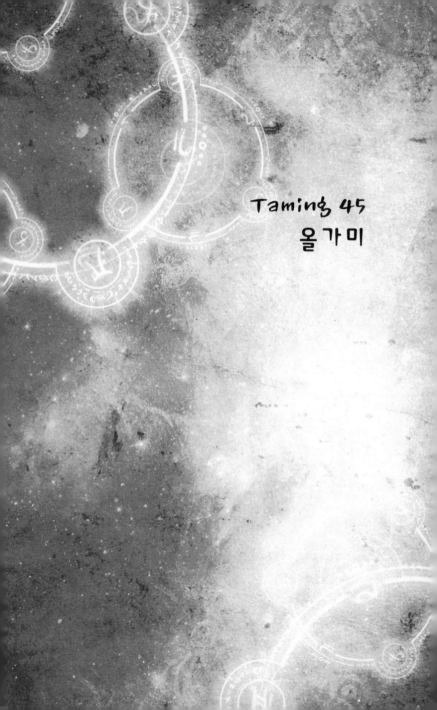

Taming 45
올가미

비욘더 길드에서 아진에게 벌어지는 일을 모니터링하던 차서린이 당장 상부에 보고서를 써 올렸다.

"이 빌어먹을 새끼들, 또 몬스터 변이야?"

길지 않은 시간 동안 벌써 춘천에서만 세 번째나 이런 사건이 벌어졌다.

중요한 건 다른 지역에서는 이와 같은 사건이 발생하지 않았다는 점이다.

이런 사실로 유추할 수 있는 건 문제의 근원이 춘천에 있다는 것이다.

그리고 문제의 근원이 어디인지는 아진의 블랙윙이 전송한 영상을 본 차서린도 충분히 짐작할 수 있었다.

"미친 어릿광대."

매드피에로 류시해.

그 녀석이 이 사단을 일으킨 장본인이었다.

대체 복용하면 몬스터로 변이하는 알약을 어디서 공수한 것인지는 알 수 없었다.

어쩌면 류시해 본인이 만든 것일지도 모르는 일이다.

무슨 꿍꿍이인지는 몰라도 류시해는 인간으로서 절대 해선 안 되는 짓을 하고 있었다.

시민의 안녕을 위해 몬스터와 싸워야 할 비욘더가, 사람을 몬스터로 변이시키는 알약을 만들었고, 레지스탕스와 손을 잡았다.

"레지스탕스도 모든 걸 알고 류시해에게 힘을 빌려주고 있는 거야? 아니면, 일부만 동참?"

차서린이 생각을 정리하며 낮게 중얼거렸다.

지금 상황에서 정확한 판단을 내리는 건 어려웠다.

일단은 류시해를 잡아 족치고 볼 일이다.

한데 아무리 생각해도 조금 이상한 게 있다.

"루아진은 왜 류시해를 쫓고 있던 거야?"

아진이 보내온 영상은 소양2교 오리배 대여 매장 근처에서 건달들이 시비를 거는 시점부터 기록되어 있다.

당시의 대화 내용을 들어보면 아진은 그들에게 류시해의 행방을 집요하게 물으며 그를 찾으려는 중이었다.

만약 아진이 이미 류시해의 만행을 알고서 홀로 해결하려던 것이었다면.

"왜 보고하지 않았지?"

아진이 통제 불가능한 인간이라는 건 익히 알고 있었다.

게다가 알 수 없는 비밀 또한 많이 가지고 있는 인간이다.

그럼에도 차서린이 아진을 믿는 건, 그가 악인이 아니라는 확신이 있었고 비욘더 길드에 최대한 협조하려는 태도 때문이었다.

스스로의 비밀은 말하지 않아도 그가 던전에서 보고 들었던 것, 인류에게 위협이 될 만한 일들은 충실하게 보고를 올렸다.

때문에 류시해에 관한 일들을 보고하지 않았다면 그건 필시.

"개인적 원한이 있었기 때문이겠지."

아진의 성향상 그럴 가능성이 높았다.

생각해 보면 첫 만남부터 둘의 상성은 맞지 않았다.

마치 견원지간처럼 으르렁거리고 싸워댔었다.

이후로 비욘더 생활을 해나가면서 아진은 류시해와 알게 모르게 부딪혔고 그것이 이번에 화산처럼 터져 버린 것이다.

차서린이 판단한 아진은 꼭지 돌면 누구도 말리지 못하는 타입의 인간이었다.

그리고 지금, 이 인간, 꼭지가 완전히 돌았다.

차서린은 아진에게 통신을 걸었다.

아마 받지 않을 것이란 예상과 달리.

—무슨 일인데요, 카레이서 누나. 지금 바쁘니까 데이트 신청할 거면 나중에 얘기해요.

아진은 통신을 받았다.

그런데 첫 마디부터 사람 기분 잡치게 하는 데엔 역시 신통방통한 능력을 자랑한다.

물론 그렇다고 꼬리 내릴 차서린이 아니다.

"나랑 데이트하려면 백 년은 이르니 다음 생에서나 기대해 보세요, 우리 고딩. 보내준 영상은 흥미롭게 봤어요."

—딱히 그쪽 보라고 보낸 건 아닙니다. 나중에 정당방위 판정 받기 위해서 녹화한 건데, 그 영상이 강제적으로 길드에 송출된 것뿐이지.

"거두절미하고 물을게요. 류시해, 왜 쫓는 거죠?"

—빚지고 못 사는 성격이라 꼭 갚아줘야 할 게 있거든요. 이 새끼가 나한테 빅똥을 싸놨어. 근데 냄새가 아주 구려요. 그래서 자세히 보니까 주변에 똥파리들이 엄청 꼬여 있잖아요. 이것들 다 정리하고 류시해까지 잡아 족친 다음 길드로 데려갈 테니 기다리고 있어요.

"혼자서 괜찮을지 모르겠는데."

—다른 비욘더 도움 필요 없습니다.

"류시해만 본인이 잡으면 되는 거 아니야? 지원 보내줄게요. 이미 내가 알아버린 이상 아진 씨 개인 원한으로 치부하고 놓아두기엔 어려워요."

―맘대로 해요, 그럼. 그런데 류시해는 건드리지 마요. 절대.

"그렇게 전달해 두죠."

―그리고 정보 하나만 줘요.

"주상철의 사무실은 온의동 버스 터미널 맞은편 농협 정문에서 우측에 있는 건물로 '상철기획'이라는 간판 제작 회사예요. 주상철의 사회적 신분이 간판 회사 사장으로 세탁되어 있는 모양이에요."

―…이거 뭔가 엄청 스토킹당한 기분인데.

"고맙다는 말부터 해야 하는 게 새 나라의 어린이가 가져야 할 기본 소양 아닐까요?"

―어린이라고 하기에는 나이를 너무 먹어서.

"정보만 날름 먹고 째시겠다?"

―다음번에 다른 식으로 갚아주는 걸로.

아진은 통신을 끊었다.

"이게 진짜."

차서린은 이를 바득바득 갈면서도 류시해를 위험인물로 공표한 뒤, 춘천내의 비욘더들에게 지원 요청을 보냈다.

위치는 아진이 쳐들어가려 하는 주상철의 사무실.

물론 아진의 부탁대로 류시해를 잡는 건 아진에게 맡겨두
라 일렀다.

"어디, 무슨 꿍꿍이인지 한번 들어볼까, 류시해?"

*　　　　*　　　　*

띠링!

"응?"

올해 17살의 정유찬은 공부도 잘하고, 운동 신경도 뛰어난
데다 성격이 좋아 주변에 친구도 많고 심지어 잘생기기까지
했는데 언변이 수려해 개인 인터넷 방송 BJ로도 많은 수입을
올리고 있는 완벽에 가까운 인간이다.

그는 평일엔 저녁 7시부터, 휴일엔 점심에 한 번, 저녁에 한
번 두 번씩 인터넷 방송을 시작했다.

뿐만 아니라 길드의 콜을 받고 던전에 몬스터 토벌을 나설
때는 그 광경을 생중계하기도 했다.

그러다 얼마 전, 미러클 테이머 아진과 우연히 파티 매칭이
되었고 그와의 일화를 개인 인터넷 방송에서 퍼뜨리고 인증
샷을 본인 계정의 SNS에 올려 더더욱 화제 몰이를 하는 중이
었다.

오늘도 휴일이기에 늦은 점심에 방송을 켜 여러 가지 '썰'을
풀어볼 셈이었다.

그런데 던전 레이더에서 알림음이 울렸다.

"던전 토벌인가?"

보통 개인 인터넷 방송은 평일보다 주말에 보는 사람이 많다. 때문에 몬스터 토벌 방송처럼 흥미로운 콘텐츠를 내보내면 평소보다 더 많은 코인을 받을 수 있었다.

코인은 받는 족족 쌓여 일주일에 한 번 현금으로 환전할 수 있는 시스템이다.

정유찬은 바로 수락 버튼을 누르려다 말고 고개를 갸웃거렸다.

"뭐야, 이거?"

던전 레이더에는 선뜻 이해할 수 없는 공지가 떠 있었다.

―비욘더 길드 춘천 지부에서 마스터 차서린이 알립니다. 그간 춘천에서 일어났던 몬스터 변이 사건의 원인 제공자가 류시해로 판명되었습니다. 지금 이 시간 이후로 류시해를 위험인물로 공표합니다.

"헐? 대박! 그게 다 류시해가 벌인 짓이었다고?"

빅뉴스다.

류시해는 안 그래도 5인의 초신성 중 한 명인 데다가 워낙 캐릭터가 특이해서 일반인들 사이에서는 많은 화젯거리를 몰고 다니는 인간이다.

물론 그 아성을 미러클 테이머 루아진이 잠재우긴 했지만, 여전히 재미있는 얘깃거리로 삼기엔 충분했다.

　따링!

　그때 또다시 던전 레이더에서 알림음이 울렸다.

　—현재 비욘더. 루아진 님이 류시해의 행적을 쫓아 폭력 조직 헤르메스의 우두머리 주상철이 머물고 있는 사무실로 향하는 중입니다. 행동 가능하신 비욘더님들께서는 메시지와 함께 첨부한 지도를 참고하여 속히 주상철의 사무실로 출동해 루아진 님의 지원 부탁 바랍니다. 단, 류시해를 잡는 건 루아진 님께 일임해 주세요.

　"루아진? 아진이 형? 그러니까 류시해를 잡는 일에 주역으로 나선 사람이 아진이 형이라는 거잖아. 이거… 완전 초대박 냄새가 나는데? 당장 출동이다!"

　정유찬이 신나서 집 밖으로 뛰쳐나갔다.

*　　　*　　　*

　타조를 타고 하늘을 날아 단숨에 상철기획이라는 간판이 걸려 있는 회사 건물 앞에 도착했다.

　문을 열고 들어가니 직원인 듯 보이는 사람 셋이 물끄러미

날 쳐다봤다.

남자가 둘, 여자가 하나였다.

느껴지는 기운으로 봤을 때 그들은 건달 쪽 세계에 몸담고 있는 이들이 아니었다.

진짜 이 회사에서 일하는 민간인이었다.

여기는 토요일에도 직원들 일을 시키나?

난 그들에게 물었다.

"주상철 사장한테 볼일 있어 왔는데 어디 있습니까?"

그러자 서로 시선을 주고받던 직원들 중 가장 나이가 들어 보이는 남자가 대답했다.

"사장실에 계시긴 한데 한 시간 전부터 아무도 사무실로 출입시키지 말라셔서……."

건물 내부를 대충 훑어보니 사장실이 어디인지 딱 감이 왔다.

난 우측에 달린 문을 향해 터벅터벅 걸어갔다.

놀란 직원들이 후다닥 일어나서 날 제지하려 했지만 일반인이 나를 막는다는 건 불가능했다.

그들은 내 털끝 하나 건드리지 못했다.

유유히 문 앞까지 다가가서 손잡이를 잡아 돌렸다.

철컥!

안에서 잠겨 있었다.

쾅!

그대로 문을 걷어찼다.

나무 문이 통째 뜯겨 나가 뒤로 넘어갔다.

터텅!

"주상철!"

주상철의 이름을 부르며 안으로 들어섰다.

어떤 상황이 벌어질지 모르니 블랙윙도 재가동시켰다.

주상철은 내 말을 들은 척도 않고 사무실 의자에 앉아 등을 돌린 채 가만히 배짱을 튕겼다.

어디 그 면상 좀 확인해 보자.

난 성큼성큼 다가가 주상철의 어깨를 잡고 내 쪽으로 휙 돌렸다.

의자가 빙글 돌아가며 녀석의 모습이 드러났다.

그런데.

"…뭐야?"

주상철의 고개가 옆으로 힘없이 꺾였다.

그리고 그의 목에서는 무언가에 물어뜯긴 듯한 상처에서 피가 분수처럼 흘러나오고 있었다.

생각 없이 어깨를 잡고 있던 내 손에 주상철의 피가 잔뜩 묻었다.

'뜨거워.'

흘러내리는 피의 양도 그렇고 죽은 지 얼마 되지 않은 게 분명했다.

이게 무슨 상황인지 파악하기 위해 잠시 멍하니 서 있던 그
때였다.

"꺄아악!"

"시, 신고해! 경찰에 신고해!"

"으아아악!"

뒤늦게 날 따라 사장실에 들어온 직원 세 명이 놀라 소리쳤
다.

난 그들에게 말했다.

"내가 그런 게 아닙니다."

"사장실에 들어간 사람이 당신밖에 없는데 무, 무슨 말이
야!"

직원들은 이미 내가 무슨 말을 해도 믿지 않을 눈치였다.

한 명은 스마트폰으로 경찰서에 신고를 하며 여자를 데리
고 건물을 나섰다.

나머지 한 명도 날 잔뜩 경계하며 뒷걸음질 치다가 밖으로
나갔다.

상황이 더럽게 꼬였다.

'덫!'

류시해가 쳐놓은 올가미에 내가 걸렸다.

그 자식은 처음부터 이것을 노리고 나와 술래잡기를 벌인
것이다.

내가 헤르메스의 우두머리이자 레지스탕스의 간부 중 한

명인 주상철을 살해한 것으로 만들기 위해서.

하지만 나한테는 블랙윙이 있다.

모든 영상은 블랙윙에 기록되었고 비욘더 길드에 전해졌을 터.

난 비욘더 길드에 통신을 연결했다.

―말하세요.

차서린의 차가운 음성이 들려왔다.

"마스터 차. 방금 제가 블랙윙으로 찍은 영상 전부 전송받았죠?"

―안 그래도 그것 때문에 연락하려 했어요. 뭐가 잘못된 건지 모르겠지만 블랙윙에 녹화된 영상에는 심한 노이즈만 가득했어요.

"네?"

―지금 주상철의 사무실 안인가요? 거기에 블랙윙의 녹화 기능을 마비시키는 장치라든가… 아무튼 그런 뭔가가 설치되어 있었던 모양이에요.

류시해, 이 새끼.

―무슨 일이죠? 어떤 상황이에요?

"아무래도… 제가 이번엔 마스터 차의 도움을 조금 많이 받아야 할 것 같네요. 류시해가 쳐놓은 올가미에 제대로 걸렸어요."

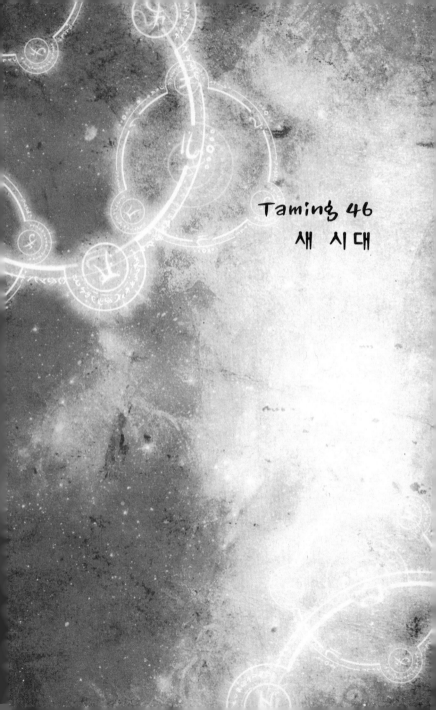

Taming 46
새 시대

　주상철이 바지 사장으로 있던 간판 회사 직원들이 경찰에
신고한 직후 일단의 무리가 회사로 들이닥쳤다.

　그들은 기자도 경찰도 아니었다.

　헤르메스의 간부급 조폭들이었다.

　마치 약속이라도 한 것처럼 기가 막힌 타이밍에 들어온 녀
석들은 현장을 보고서 너도나도 사진을 찍어대기 시작했다.

　"히야, 겁대가리도 없네. 비욘더가 레지스탕스 소속인 우리
형님을 죽여?"

　그 광경을 본 아진은 실소를 머금었다.

　"아주 제대로 준비를 했구나, 류시해."

주상철이 스스로 목숨을 끊은 건지 누군가 그의 멱을 딴 건지 그건 중요치 않았다.

제들 우두머리가 죽었는데도 증거부터 남기려고 사진을 찍어대는 걸 보니 이 녀석들 역시 류시해와 손을 잡은 인간들이 틀림없었다.

"니들 뭐 하냐."

참다 못한 루아진이 한마디 했다.

그러자 덩치 큰 대머리가 히죽 웃으며 말했다.

"이제 곧 속보 뜨겠네. 비욘더가 이유도 없이 레지스탕스의 데스페라도를 살해했다고."

"주상철이 데스페라도였냐?"

"그걸 알고서 죽인 거 아니야? 범죄와의 전쟁 선포한 뒤에, 지렁이도 밟으면 꿈틀할 게 두려워서 이런 식으로 하나하나 머릿수 줄여 나가려고 한 거 아니었냐고."

"누구 머리에서 나온 대본인지 모르겠지만 참 진부하고 유치하기 그지없다."

"그건 딱히 중요한 문제가 아니지. 중요한 건 세상 사람들은 비욘더들에게도 반감을 가지게 될 것이고, 레지스탕스와 비욘더가 더더욱 서로에게 이를 드러내게 될 거라는 사살이지. 미러클 테이머 루아진. 너 때문에."

"니들도 류시해 끄나풀이지?"

"류시해? 그게 누군데? 몰라 우리는."

아진이 한숨을 푹 내쉬었다.

이미 저 녀석들이 스마트폰으로 사진을 어마어마하게 찍어 버렸다. 아마 대머리와 대화를 몇 마디 나누는 사이 그 사진들은 각종 언론사로 뿌려졌을 것이다.

이미 사건은 돌이킬 수 없을 정도로 커졌다.

하지만 아진은 이 상황이 딱히 걱정되지는 않았다.

에스테리앙 대륙에서 생사의 기로를 넘었던 게 십수 번이 넘는다.

고작 이 정도 사이즈에 쪼그라들 새가슴이 아니었다.

다만, 그의 가슴 속에서 걷잡을 수 없이 피어오르는 분노가 스스로를 절제시키지 못할 것 같았다.

"한 번 더 묻는다. 류시해, 알아 몰라?"

"아, 글쎄. 모른다니……!"

"거기까지."

아진의 신형이 바람처럼 날아가 대머리의 안면에 주먹을 박아 넣었다.

퍼억!

"억!"

대머리가 단말마의 비명을 지르며 뒤로 넘어졌다.

쿠당!

아진은 그런 대머리의 명치를 발뒤꿈치로 짓밟았다.

콰직!

"꺼어!"

뼈가 부러지며 내장과 횡격막이 다쳤다.

"꺼허! 허어!"

대머리는 힘들어진 호흡을 억지로 이어가며 괴로워했다. 하지만 거기서 끝이 아니었다.

툭! 투툭!

아진이 대머리의 양쪽 허벅지를 걷어찼다. 그러자 우두둑! 두둑! 하며 두 다리가 이상한 방향으로 뒤틀려 꺾였다.

뼈가 완벽하게 부러진 것이다.

게다가 근육까지 끊겼다.

"끄허어!"

"입 닥쳐."

퍼걱!

아진의 뒤꿈치가 이번엔 대머리의 입을 짓뭉갰다.

"끄⋯⋯."

대머리는 앞니가 모조리 부러져 피 칠갑을 한 채로 기절했다.

아직 미약하게 숨은 붙어 있으나 그 상태로 두면 얼마 못 가 죽어버릴 것 같았다.

대머리의 뒤편에 서 있던 다른 조직원들은 워낙 순식간에 벌어진 상황에 적잖이 당황했다.

그러다가 뒤늦게 기합을 지르며 아진에게 달려들었다.

이런 조무래기들은 아진에게 상대가 안 된다. 몬스터를 소환할 필요도 없었다.

아진은 열댓 명이 넘는 조직원들의 사이로 뛰어 들어가 사방팔방 종횡무진하며 주먹을 휘두르고 발길질을 해댔다.

퍽! 퍼퍽! 뻐억! 빡!

"아악!"

"악!"

"끄윽!"

조직원들은 아진에게 맞은 부위가 하나같이 골절되어 힘없이 주저앉았다.

모든 조직원들이 반병신이 되어 기절하는 데는 채 3분이라는 시간도 걸리지 않았다.

바닥에 제멋대로 널브러진 조직원들은 사지가 어느 하나 제대로 붙어 있는 인간이 없었다.

전부 팔다리가 엉망으로 꺾이고 뒤틀어졌다.

콧잔등은 기본 옵션으로 내려앉았고 이빨 서너 대는 당연한 것처럼 빠졌다.

개중에는 눈을 잘못 맞아 평생을 외눈박이로 살아야 하는 인간도 몇 있었다.

하나같이 그로테스크한 모습으로 누워 있는 모습이 기괴하기 그지없었다.

하지만 아진은 아직도 성이 차지 않았다.

그가 제일 먼저 뻗었던 대머리에게 다가가 옆구리를 힘껏 걷어찼다.

뻑!

"커헉!"

대머리가 숨 막히는 신음을 흘리며 눈을 떴다.

짝!

"억!"

눈을 뜨자마자 아진에게 뺨을 얻어맞았다. 대머리는 불에 덴 듯 화끈한 뺨을 어루만졌다. 그 순간.

두둑!

"으악!"

아진에게 팔이 꺾였다.

"이제 다시 물을게. 류시해, 알아 몰라?"

"흐으으……."

"대답 안 해?"

아진이 반대쪽 어깨를 뽑아서 뼈를 자근자근 밟아 가루로 만들었다.

"끄아아아! 그, 그마안!"

"그러니까 대답해. 류시해, 알아 몰라?"

"아, 알아. 안다고."

"아, 그래? 알아?"

빡!

아진의 주먹이 날아오는가 싶더니 대머리의 오른쪽 눈에서 번개가 쳤다.

"악!"

비명과 함께 피눈물이 흘렀다.

눈알이 터져 버렸다.

"끄아! 왜, 왜에, 이 새끼야! 안다고 얘기했잖아!"

"거짓말해서 한 대 맞은 거고. 앞으로 말 예쁘게 안 하면 나머지 눈도 터뜨린다. 평생 앞 못 보고 살래?"

대머리가 고개를 절레절레 저었다.

"자, 그럼 다시 이야기해 보자. 류시해를 안다고 그랬지?"

"그, 그래."

"너희들은 당연히 류시해의 끄나풀일 테고."

대머리가 갑자기 느껴지는 전신의 고통에 대답도 못 하고서 고개만 끄덕였다.

"헤르메스 전부가 류시해 밑으로 들어간 거냐?"

"아, 아니야."

"그럼 일부만?"

"그래……"

"주상철은?"

"사, 상철 형님도 류시해의 뜻에 따르기로 했어."

"주상철은 타살당한 건가?"

"…아니."

대답을 듣는 아진의 미간이 확 일그러졌다.

"그럼 자살했다고?"

"새 시대를 위해 얼마든지 한목숨 바치시겠다고 하셨어."

"목에 난 상처는 무언가가 물어뜯은 것 같았는데."

"상철 형님은 데스페라도다. 형님의 능력은 '낭아수(狼牙手)'. 열 손가락 손톱이 이리의 이빨처럼 날카로워지지. 그걸로 목을 뜯어낸 거야."

"미쳤군."

"아니, 대단한 분이지. 나는 차마 그런 용기까지는 내지 못하겠거든. 멋진 분이셨어."

"다른 걸 묻지. 새 시대라는 건 뭐냐."

그 대목에서 대머리는 입을 턱 다물었다.

그것만큼은 죽어도 말할 수 없다는 기개가 보였다.

하지만 그런 마음 무너뜨리는 건 아진에게 일도 아니다.

이미 숱한 전쟁 포로들을 고문해 본 전적이 있는 그였다.

누구도 그의 고문 기술을 버티지 못했다. 나중에는 차라리 그냥 죽여달라는 말을 하게 되는 이가 수두룩했다.

"스스로 입을 열지 못하겠다면, 열게 만들어줄게."

아진이 대머리의 뒤틀어진 손을 잡고 손톱을 하나 뽑으려 할 때였다.

"하음~ 그 정도로 하지."

조금 떨어진 곳에서 류시해의 음성이 들려왔다.

아진이 눈을 부릅뜨고 벌떡 일어나 대머리의 턱을 걷어찼다.

펙!

"컥!"

대머리는 다시 정신을 잃었다.

"어마어마하게 저질렀네, 우리 자기?"

류시해가 활짝 열린 회사 문 너머에 서서 안을 들여다보며 말했다.

"류시해."

"짜잔~ 드디어 만나게 됐네? 반가워 죽겠지?"

"너무 반가워서 죽여 버리고 싶다, 개새끼야."

류시해가 검지를 세워 좌우로 흔들었다.

"하음~ 그렇게 험한 말 사용하면 나 상처받을지도 몰라. 아니면 혹시 침대 위에서 죽여주겠다는 소리? 그건 환영~"

"계속해라, 헛소리. 하는 데까지 해봐. 네 유언으로 만들어 줄 테니까."

"같은 비욘더끼리 왜 이렇게 날을 세우고 그래?"

"같은 비욘더? 네가 한 짓거리가 있는데도 그런 말이 나와?"

"내가 한 짓, 뭐? 혹시 이거?"

류시해가 주머니에서 알약을 꺼내 보였다.

여태껏 몬스터가 된 사람들이 먹었던 그 알약이었다.

아진의 입가가 씰룩였다.

"역시 너였어."

"아니~ 정확히 말하자면 난 그냥 배포만 했지. 내가 만든 건 아니라고. 그러니까 그렇게 열 내지 마."

말미에 류시해는 한쪽 눈을 찡긋거렸다.

아진은 속에서 역한 것이 역류하는 기분에 바닥에 침을 탁 뱉었다.

"이미 너 수배 떨어졌고, 비온더들이 너 보겠다고 몰려오는 중이야. 하지만 그 사람들은 널 잡지 않을 거야. 도망치지 못하도록 바리케이드만 치겠지. 너는 내가 잡을 거거든."

"아아, 벌써 그렇게 된 거야? 하음~"

류시해가 나른해가 말하며 자신의 던전 레이더를 바라보더니 무심하게 뜯어냈다.

투둑!

"나한테는 아무런 연락도 없어서 그런 줄 몰랐지. 이미 팽 당했다는 거네? 그럼 나도 이딴 거 딱히 필요 없어."

그의 손에 쥐어져 있던 던전레이더가 종잇장처럼 구겨졌다.

콰직! 콰지직!

류시해의 능력, 염력이었다.

"뭐, 됐어. 어차피 슬슬 비온더로 활동하는 것도 지겨워지던 참이었으니까. 그쪽에서 내보내줬다니 고마워해야겠네. 조만간 차서린한테도 인사하러 가야겠네? 그녀가 잠들어 있을 때 침대 위로 올라가서 감사의 마음을 전해줘야지. 온몸으로."

어때? 자기도 함께 할래?"

"다 까불었냐."

"누가 까불어? 설마 내가?"

"헛소리 충분히 나불거렸으면 뭐 하나 물어보자."

"두 개든 세 개든 마음대로 물어봐. 우리 자기한테는 성심성의껏 대답해 줄 테니까."

"이런 짓을 하는 목적이 뭐냐."

"뭘 거 같아?"

류시해는 마치 아진을 시험해 보는 눈빛으로 그를 바라봤다.

아진은 그 시선이 마음에 들지 않았지만 원하는 답을 내놓았다.

"비온더와 레지스탕스의 사이를 악화시키려는 거겠지?"

짝짝짝!

"네~ 정답입니다!"

"왜? 무엇 때문에? 그렇게 해서 너한테 이득이 되는 게 뭔데?"

"나한테 이득이 되는 건 딱히 없을걸? 하지만 그분께는 도움이 되겠지."

"그분?"

"그분께서 이 세상에 도래하시는 날, 새 시대가 열릴 테니까."

"너도 새 시대 타령이군."

"그게 뭔지 궁금해 죽겠다는 얼굴이네? 귀여워라~ 깨물어 죽여 버리고 싶을 정도야."

류시해의 혀가 붉은 입술을 강렬하게 핥았다.

아진은 바닥에 널브러진 헤르메스의 조직원들을 턱짓으로 가리켰다.

"보이냐? 이 꼴 되기 전에 말할래, 되고 나서 말할래?"

"단단히 성이 났는걸? 그런 모습도 싫진 않아."

"대화로 하는 건 이번이 마지막이야."

"하음~ 새 시대라는 건 말 그대로 새 시대란다~ 고딩. 천지개벽이 이루어질 거라고 하면 알아들으려나? 그 이상 정확한 설명은 하기 힘들어. 그리고 그분이 누구인지는 이미 너도 알고 있으니 넘어가도 되지?"

"내가… 알고 있다고?"

"그분께서는 구면이라고 하시던걸?"

류시해의 말을 의아하게 여기던 아진은 이내 그가 정보에 혼선을 주기 위해서 되는대로 말을 지어내는 게 아닌가 의심했다.

한데 그 잠깐의 순간.

꿀꺽!

류시해가 알약을 삼켰다.

"크으… 크크크큭!"

이윽고 그의 살가죽이 제멋대로 울룩불룩거리더니 머리털이 전부 빠지며 온몸이 검은색으로 물들었다. 팔다리고 늘어나고 전신의 근육이 펌핑한 것처럼 커지며 걸치고 있던 옷이 갈가리 찢어졌다.

"후우우."

몬스터로 완전 변형을 마친 그는 키가 2미터에 육박하는 검은 가죽의 이족 보행 6레벨 몬스터, '키르케 엘'이 되었다.

"소환! 몬스터 군단!"

아진이 97마리의 몬스터 군단을 소환했다.

아진의 주변으로 모든 몬스터들이 일제히 소환되어 키르케 엘이 된 류시해를 경계했다.

여태까지의 패턴으로 봤을 때 녀석은 이성을 잃고 무작정 덤벼들 것이 분명했다.

만약 6레벨 몬스터인 녀석이 덤빈다면 쉽게 당해낼 순 없을 것이다. 상당한 희생을 감수해야 한다. 최악의 경우 아진이 길들인 모든 펫의 죽음과 녀석의 죽음을 맞바꿔야 할지도 모른다. 6레벨 몬스터의 존재감은 그만큼 엄청났다.

그런데.

"하음~ 내가 싸울 거라고 생각한 거야? 사실… 그러고 싶은데."

키르케 엘이 말하며 검지손가락으로 허공을 격했다.

순간 튕겨 나간 지풍(指風)이 아진의 뺨을 스치고 날아갔다.

주르륵.

멍하니 서 있던 아진의 뺨이 찢어지며 붉은 피가 흘러내렸다.

"오늘은 좀 바쁘고 너는 여전히 써먹을 데가 많거든~ 그래서 이만 가봐야겠어."

키르케 엘은 생전 류시해일 때의 기억을 온전히 간직한 채로 중성적인 음성을 흘렸다.

"어떻게……."

"이런 게 가능하냐고? 그분의 권능 덕분이지~ 그럼 다음에 또 봐, 아르넬로."

"……!"

키르케 엘이 그 말과 함께 그림자 속에 녹아들었다.

그것은 키르케 엘의 특수 능력 중 하나였다.

그가 그림자 속에 녹아들어 감과 동시에 조금 전까지 좌중을 내리누르던 숨 막히는 중압감이 사라졌다.

정말로 이곳을 떠나 버린 것이다.

아진은 키르케 엘이 사라진 자리를 멍청히 바라보다가 고개를 갸웃거렸다.

"저 새끼가 어떻게… 그 이름을 아는 거지?"

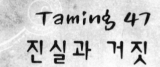

Taming 47
진실과 거짓

　살짝 패닉이었다.

　사람들이 몬스터로 변하는 사건의 흑막이 류시해일 것이라는 짐작을 눈앞에서 확인한 것 때문은 아니다.

　그 정도 일에 멘탈이 흔들릴 만큼 여리지는 않다.

　한데 키르케 엘로 변한 류시해의 입에서 '아르넬로'라는 이름이 나왔을 때는 적잖이 놀랐다.

　아르넬로 드 에스페란자 루.

　그것은 에스테리앙 대륙에서 지낼 때의 내 이름이었다.

　지구에 있는 인간이 그 이름을 알고 있다는 건 말이 안 된다.

'아니, 너무 안이한 생각이었나?'

나 말고 에스테리앙 대륙에 넘어갔다 귀환한 이가 하나도 없을 거라는 건 오만이었을지도 모른다.

그쪽 세상의 몬스터들이 지구로 끊임없이 넘어오고 있는 게 현실이다.

한데 이쪽 세상에 있는 사람들이 에스테리앙 대륙으로 넘어가지 말라는 법은 없다.

다만, 내 경우엔 넘어가기는 쉬워도 되돌아오기는 어려웠다.

죽어버린 아르마가 스스로의 영혼을 소멸해 가며 도와주지 않았다면 영영 돌아오지 못했을 것이다.

'잠깐만.'

그때 불현듯 한 가지 생각이 떠올랐다.

'처음엔 던전, 그다음엔 변종 던전과 키메라, 그다음엔 필드 전개, 마지막으로 사람을 몬스터로 변이시키는 알약……. 설마?'

지금까지 지구에 일어났던 굵직한 일련의 사건들 중 키메라와 필드 전개라는 부분에서는 한 사람의 이름이 떠오른다.

"자이렉스."

키메라를 만들어내 에스테리앙 대륙을 지배하려던 조직 페라모사의 리더이자 전 왕실마법사이며 희대의 천재 마법사.

페라모사를 만들어낸 것도 그고, 키메라를 만들어낸 것도,

필드 전개 마법을 개발한 것 역시 그였다.

'그라면 사람을 몬스터로 변이시키는 알약을 만드는 것도 가능해.'

아울러 자이렉스는 내 이름을 알고 있을 것이다.

아르마에게 가문이 몰락당해 떠돌이 생활을 할 당시, 페라모사의 본거지를 찾아가 초전박살을 내놨던 전적이 있는 나다.

그런 내 존재를 자이렉스가 모른다는 것이 더 아이러니다.

'물론 내가 박살 냈던 건 페라모사의 본거지가 아니었다는 걸로 결론짓는 게 더 말이 되는 가정이겠지만.'

당시 페라모사의 본거지는 내게 허무하리만치 쉽게 털렸다.

녀석들의 본거지에 있던 녀석들 전부 제대로 손 한번 써보지 못하고서 내게 당했다.

난 당연히 내가 짓이겨 놓은 시체들 중 하나가 자이렉스일 것이라 생각했다. 만약 내가 그때 자이렉스의 신상에 대해 자세히 알고 있었다면 그런 안일한 생각은 못 했을 것이다.

자이렉스가 전 왕실마법사 출신에다가 천재 마법사라는 건 이후에 알게 된 사실이었다.

그런 인간이 침입자에게 제대로 된 반격 한번 못 해보고 죽었다고? 말도 안 되는 일이다.

자이렉스는 살아 있는 게 분명하고, 위장 본부를 무너뜨린 게 나라는 사실도 알고 있을 것이다.

물론 나에 대해 뒷조사도 철저히 했겠지.

그럴 만한 힘이 있는 인간이니까.

여기서 한 가지, 조금 무리수일지도 모르는 가정 하나를 끼워 넣어보자.

'류시해는 자이렉스를 알고 있다.'

어떻게?

그도 나처럼 에스테리앙 대륙에 넘어갔다가 귀환한 인간일지 모른다. 혹은 또 다른 방법으로 지구에서 자이렉스와 조우했을 수도 있다.

방법이야 어떤 식이든 상관없다.

류시해가 자이렉스 사이의 연결 고리가 생겼다는 가정이 중요하다.

만약 그렇다고 한다면 류시해가 아르넬로라는 이름을 알고 있는 것도 말이 된다.

아울러 그가 사람들에게 퍼뜨린 몬스터로 변이하는 약의 근원지도 이 가정 하나로 설명이 된다.

자이렉스가 만든 것을 류시해에게 넘겨주면 되는 일이니까.

에스테리앙 대륙의 몬스터도 넘어오는 판이다.

알약 몇 개 넘겨주는 건 일도 아니겠지.

그렇다면 류시해가 말했던 새 시대라는 건 자이렉스가 지배하는 세상을 뜻하는 게 아닐까?

억측일 수도 있지만 지금 내가 가진 정보로써는 그것밖에

답이 나오지 않는다.

류시해로 인해 벌어진 복잡한 흔적과 사건들을 정리하고 있을 때, 차서린에게서 콜이 들어왔다.

—지금 어디죠?

"아직 사무실 안에 있는데요."

—그만 나오세요. 곧 기자들이랑 형사들 들이닥칠 거예요.

"어차피 형사들 따라 한 번은 서에 가야 하지 않겠어요?"

—안 가게 해줄 테니까 나와요.

그게 가능한가?

내가 생각하고 있던 것보다 차서린의 입지가 대단한 모양이다.

아니면, 차서린이 등에 업고 있는 비욘더 길드의 힘이 엄청나다든가.

아무튼 내 입장에선 땡큐지.

"알겠어요. 바로 귀환할게요."

통신이 끝난 뒤, 사무실을 나가려다 말고 바닥에 널브러진 조폭들을 훑어봤다.

난 혹시나 싶어 녀석들 중 한 놈의 몸을 샅샅이 수색했다.

그 결과, 바지 주머니 속에서 하얀 알약을 발견할 수 있었다.

"역시."

난 다른 놈들 주머니도 전부 뒤져 하얀 알약을 모두 수거

했다.

아무래도 류시해는 자신을 따르기로 한 녀석들에게 모조리 알약을 나누어 준 모양이다.

"대체 얼마나 많은 인간을 현혹시킨 거야."

헤르메스 전원이 류시해를 따르기로 한 건 아니니, 그나마 다행으로 여겨야 할 터였다.

헤르메스는 춘천에서 제일가는 조직 중 하나라고 했으니 머릿수가 상당할 텐데 그 인원이 전부 몬스터로 변해 버리기라도 한다면, 한바탕 난리가 날 것이다.

그렇다고 안심할 수는 없었다.

류시해는 몬스터로 변했음에도 생전의 기억과 지성을 고스란히 가지고 있다.

앞으로도 놈은 더 많은 사람들을 현혹시키고 알약을 나누어 줄 것이다.

"이래저래 류시해를 빨리 잡아야 한다는 결론이 나는군."

하지만 6레벨 몬스터로 성장한 만큼 녀석을 잡는 것이 쉽지만은 않을 터.

지금으로선 호각지세지만 그걸로는 부족하다.

녀석이 어떤 더러운 수를 쓰더라도 쉽게 제압할 수 있을 만큼 성장해야 한다.

내가 힘을 키워 나갈 때, 류시해가 손가락만 빨고 있지는 않을 테니, 지금보다 더 부지런히 움직여야 한다.

애애앵―

저 멀리서 사이렌 울리는 소리가 들려왔다.

난 더 지체 않고 건물을 나섰다.

*   *   *

"한바탕 신나게 휘젓고 오셨네요?"

비욘더 길드에 들어서자마자 차서린이 건넨 말이다.

"더 하려다가 참은 거예요."

"이제 한 시간 후면 유명 인사 되실 텐데 소감 한 말씀 해주시죠."

"카레이서 누나의 능력을 믿어요. 나 조금만 띄워줘도 연예인병 걸리는 체질이라 일 터지기 전에 막아주세요."

"그건 이미 불가능할 것 같네요. 뉴스 속보는 아직이지만 인터넷 기사는 벌써부터 쏟아지고 있어요."

"못 막아요?"

"아직 민중도 나오지 않은 햇병아리가 어디서 못된 것만 배웠네요? 언론을 조작하라는 말인가요?"

"이미 상황 자체가 조작된 겁니다만."

"블랙웡이 먹통이라 인터넷 기사로 사건을 접했는데, 비욘더가 헤르메스의 우두머리를 죽이고, 조폭 열댓 명을 불구로 만들어놨다더군요. 그들은 아무 잘못도 하지 않았는데 말이죠."

"그게 조작된 거라니까요."

"주상철이 신분 세탁을 위해 사장으로 앉아 있던 회사 직원들의 증언도 기사에 힘을 실어줬구요."

"직원들이 잘못 본 거예요. 사장실 문을 열고 들어가서 주상철한테 다가갔을 땐, 이미 죽은 뒤였어요."

차서린이 서늘한 시선으로 날 쏘아봤다.

"앞으로 다른 기자나 사람들이 똑같은 말을 해도 그런 식으로 대답할 거예요? 그 요란한 말빨은 남 놀려먹을 때만 유효한 건가요?"

"지금 저한테 예행연습 시켰던 겁니까?"

"시켜보길 잘했지. 그냥 믿고 나뒀다간 빙구 짓거리 하고 돌아다녔을 판이네요."

"그만 욕하고 모범 답안이나 가르쳐 주시죠."

"아무 말도 하지 말아요."

"네?"

"무슨 말을 하던 상황은 악화돼요. 오늘 저녁부터 아진님 앞에 기자들이 진을 칠 거예요. 그러거나 말거나 무시해요. 인터폰 전원은 미리 꺼놓고, 아버지도 외출은 삼가도록 일러두시구요."

"그게 최선이라면 그렇게 할게요."

"그럼 이제 진실을 말해봐요. 뭐가 어떻게 된 거죠?"

난 차서린에게 그곳에서 있던 일들을 전부 얘기했다.

류시해에 관한 것까지 하나도 빠짐없이, 있는 그대로.

이야기를 듣고 난 차서린이 아랫입술을 잘근거리며 씹다가 물었다.

"아직도 류시해를 본인 혼자서 잡을 생각인가요?"

"그렇게 아름다운 상황이 연출되어 주기를 바라고는 있죠."

상황이 이렇게까지 됐는데 무조건 류시해는 내가 잡아야 한다고 고집부리는 건 어리광을 부리는 것밖에 안 된다.

"류시해는 당장 지명수배를 내리도록 하겠어요. 현상금은 상부에서 정할 테지만 아마 어마어마한 액수를 내걸게 될 거예요."

"그건 아무래도 좋은데 절대 비욘더 한둘이서 류시해 잡겠다고 나서는 일은 없도록 주의 주세요. 예전의 그 녀석이라면 모를까, 지금은 6레벨 몬스터로 진화한 상황이라 잘못 달려들 었다간 모가지 날아갑니다."

"키르케 엘이라고 했었나요?"

"네, 데이터 있어요?"

"아니요."

"검색해 보지도 않았잖아요?"

"지구에 나타났던 몬스터 중에 내 기억에 존재치 않는 이름은 없어요. 키르케 엘은 생소하네요. 그런데 아진 군?"

"조금 전까지는 님이라고 하더니 또다시 군으로 추락했네요?"

"여태까지 이름 뒤에 님 자 붙였던 걸 실수라고 생각하세요. 아무튼 물어볼 게 있는데."

차서린의 눈초리가 날카로워졌다. 저럴 땐 꼭 허를 찌르는 질문이 튀어나오니 만반의 준비를 잘 갖추고 있다가.

"아진 군은 지구에 아직 나타나지도 않은 몬스터의 이름을 어떻게 알고 있는 거죠?"

"여태까지 내 패턴으로 봤을 때 순순히 대답해 줄 거라고 생각하는 건 아니죠?"

이렇게 바로 받아쳐야 한다.

그런데 이번 질문은 정말 정곡을 찌르긴 했다.

지구에 나타나지도 않은 몬스터의 이름을 이미 알고 있는 인간이라니, 나 같아도 이상하게 생각하고 보겠다.

"하아."

차서린이 한숨을 푹 쉬더니 안경을 벗었다.

처음 본다. 그녀가 안경을 벗은 모습. 안경을 썼을 때보다 인상이 한결 순해졌다. 물론 그래도 차가운 이미지는 여전했지만.

차서린의 눈동자에는 여태 전혀 찾아볼 수 없던 간절함이 어려 있었다.

이런 시선으로 사람을 바라볼 줄도 아는 여자였나?

"아진 군. 저는, 아니, 우리는 지금 아진 군의 도움이 절실히 필요해요. 그리고 아진 군 역시 제 도움이 필요하구요."

내가 차서린의 도움을 필요로 하는 건 맞다.

정부와 비욘더 길드 상부 쪽에서 날 노리고 있는데, 그걸 막아주는 것도 차서린이고 오늘 같은 사건이 터졌을 때 군말 없이 뒷수습을 해주는 것도 그녀다.

"도움을 주고 있는 것에 대해서는 고맙게 생각해요."

"그럼 나한테만이라도 솔직하게 말해줄 수는 없을까요?"

"솔직했어요."

"네, 그랬죠. 대답하기 싫은 질문엔 말을 빙빙 돌리거나 입을 꾹 다물었을 뿐. 이번엔… 정중하게 부탁드릴게요. 아진 군이 알고 있는 것, 모두에게 숨기고 있는 진실, 그것에 대해 말해주세요."

차서린은 그 어느 때보다 진지한 태도로 날 대하고 있었다.

그런 그녀를 보고 있자니 마음이 조금 흔들리는 게 사실이었다.

하지만.

"기자들한테 우리 집 포위당하기 전에 들어가 봐야겠네요."

난 그런 그녀를 늘 그래왔듯 냉정하게 피했다.

길드를 나서는 내 뒤로 차서린의 음성이 들렸다.

"내 제안은 일방적인 게 아니에요. 아진 군이 건네는 만큼, 돌아가는 것도 있을 거예요. 나 역시 남들에게 말 못 할 비밀이 있으니까."

"그 비밀이 뭔지 모르겠지만 가치판단을 했을 때, 과연 내

것을 보여줄 만한 것일지 모르겠네요."

"당신이 알고 있던 진실이 전부 뒤집어질 만큼의 가치라고 해둘게요."

"오늘은 생각해 보겠다는 말로 합의 보죠."

그 말을 끝으로 문을 열고 나왔다.

뒤통수가 여간 따갑지 않은 게 차서린이 날 노려보고 있었던 모양이다.

*   *   *

루루를 타고 집으로 돌아오던 와중 크나큰 고민에 빠지고 말았다.

"이상해."

정말 이상했다.

"대체 왜 에스테리앙 대륙에서 불리던 몬스터들의 이름과 지구에 넘어온 몬스터들의 이름이 같은 거야?"

이름이 다른 건 최초로 지구를 멸망 직전까지 몰고 갔던 4레벨 몬스터 아틀락 나챠밖에 없었다.

아무튼 이건 상당한 의문이 드는 상황이다.

에스테리앙 대륙에서 넘어온 인간이 지구에 넘어오는 몬스터들에 대해 말해주지 않는 이상, 이름이 같을 수는 없는 노릇이다.

그런데 이름이 거의 다 같았다.

"이거 정말 나 말고도 그 세상에서 넘어온 인간이 더 있는 거 아니야? 류시해도 그중 한 명이고?"

생각이 깊어질수록 명확한 답은 나오지 않고 머리만 아팠다.

그때 문득 차서린이 건넸던 말이 떠올랐다.

"내 제안은 일방적인 게 아니에요. 아진 군이 건네는 만큼, 돌아가는 것도 있을 거예요. 나 역시 남들에게 말 못 할 비밀이 있으니까. 당신이 알고 있던 진실이 전부 뒤집어질 만큼의 가치라고 해둘게요."

이거… 아무래도 차서린의 이야기를 들어봐야 할 것 같은데.

*   *   *

정유찬이 주상철의 간판 회사 앞에 도착했을 때 상황은 이미 종결된 이후였다.

"아, 이런. 너무 늦었네."

건물엔 폴리스 라인이 쳐져 있었고 구급차와 경찰차가 주변을 빼곡히 에워쌌다.

구급대원들은 건물 안에서 엉망이 되어버린 조폭들을 실어

날랐고, 경찰과 형사들은 사건 형장을 보존하고 살피느라 분주했다.

그 사이엔 비욘더들 몇몇도 섞여 있었다. 그들은 던전 레이더로 연락을 받고 뒤늦게 찾아왔으나 상황이 이미 끝나 버렸다. 그러나 그대로 손 놓고 놀고 있을 순 없어, 구조 활동에 힘을 보태는 중이었다.

정유찬은 아쉬운 대로 그 광경이나마 인터넷 영상으로 중계했다.

"안녕하세요, 시청자 여러분. 현직 비욘더이자 BJ로 활동 중인 유찬이에요. 저는 지금 미러클 테이머 아진 형님이 한바탕 들쑤시고 간 현장에 왔는데요. 지금 보이시죠? 구급대원들이랑 비욘더분들이 힘을 합쳐서 엉망이 된 사람들을 구조하고 있는 것 같은데요. 근데 아진 형님이 왜 이렇게까지 사람들을 두들겨 놨을까요? 절대 나쁜 형님은 아니거든요."

정유찬이 잠시 말을 끊었다.

그리고 나름대로 상황을 정리해 본 뒤 다시 입을 열었다.

"내 생각에는 이거 무슨 음모가 있는 것 같애. 분명히 그럴 거예요. 여러분 매드피에로 류시해 아시죠? 조금 전에 비욘더들 던전 레이더로 공지가 접수됐는데, 그 인간이 실은 요 근래 일어났던 몬스터 변이 사건의 주범이래요! 대박이죠! 앗! 헨델과그랬대 님! 물풍선 백 개 감사드려요! 아무튼 우리 아진 형님은 그 류시해를 쫓고 있었고, 지금 제가 중계하고 있는 저 건물에 류시해가 있다는 제보를 받고 간 거거든. 나랑 다른 비욘더분들도 아진 형님 서포트하라는 길드 명령 받고 온 거고. 그런데 도착해 보니 류시해는 보이지 않고 민간인들만 구겨져서 나오고 있단 말이죠. 그리고 지금 인터넷 기사에 도배되고 있는 아진 형님 얘기 다들 봤죠?"

정유찬은 스마트폰을 꺼내 인터넷 창을 열었다.

"봐요. 검색어 일, 이, 삼 위가 전부 아진 형님과 관련된 키워드예요. 아진 형님이 민간인들 작살내고 한 명은 죽였다고 하는데, 알고 보니 아진 형님이 손봐준 녀석들 전부 레지스탕스 관계자들이었대요. 이거 진짜 구린내 나지 않아요? 분명 류시해가 무슨 음모를 꾸몄고 아진 형님이 넘어간 거예요. 하아, 아진 형님이 걱정되네요."

정유찬이 거기까지 말했을 때였다.

갑자기 채팅창에 ─적합하지 않은 방송 내용 중계로 해당 BJ의 방송을 강제 종료합니다─라는 문구가 떠오르더니 송출이 중단되었다.

"어? 뭐야? 이런 씨… 일주일 정지 먹었네. 이게 뭐가 그렇게 자극적인 영상이라고."

충분히 자극적이었다.

하지만 그보다 더 자극적이었던 건 정유찬의 보도 내용이었다.

"하아, 일주일 동안 심심하겠네. 그나저나 아진 형님은 괜찮을까."

정유찬이 스마트폰의 주소록에 아진이라는 이름을 검색했다.

*　　　*　　　*

집 근처에 도착해 루루를 봉인하고 인도를 거닐고 있는데.

지이이이잉—

스마트폰이 계속해서 울린다.

유찬이 이 자식 끈기 하나는 인정해 줘야 한다.

벌써 13통째다.

내가 전화를 받을 때까지 연락할 기세다.

나는 이번에도 수신을 거절한 뒤 스마트폰 전원을 꺼버렸다. 마침 집 앞에 도착해 안으로 들어가려 하는데.

"누구세요?"

대문 앞에 누군가가 서 있었다.

내 물음에 돌아선 이는 언뜻 나이를 가늠하기 힘든 사내였다.

어떻게 보면 불혹을 넘긴 중년 같기도, 또 어떻게 보면 약관의 청년 같기도 했다.

분명한 건 전신에서 풍겨지는 기운이 대단히 강렬했다.

어쭙잖은 뜨내기가 아니었고, 목적이 있어서 이곳을 찾아온 게 틀림없었다.

"루아진."

사내의 입에서 내 이름이 나왔다.

"그거 내 이름 맞긴 한데, 우리 구면이던가요? 그게 아니라면 내 뒷조사를 한 거고, 난 호의적으로 나갈 수가 없을 것 같은데."

내가 쏘아붙이자 사내는 왼쪽 소매를 걷어 올렸다. 그러자 어깨에 뱀이 휘감고 있는 검은 십자가 문신이 드러났다.

"레지스탕스?"

"그래. 레지스탕스 소속 데스페라도 신재림이다."

신재림.

그 이름은 익히 들어 알고 있다.

레지스탕스의 간부급 인물로 5클래스의 데스페라도다. 비욘더로 따지면 센서블 비욘더고, 능력은 중력 제어라고 알고 있는데 확실치는 않다.

신원 파악이 끝났다. 호의적일 필요는 없다.

"무슨 볼일이지?"

"사람이 오가는 골목인데 자리를 옮기는 게 어떨까."

마당을 살폈다. 자가용이 그대로 있다. 아버지가 아직 집에 계실 가능성이 높았다.

"아니, 여기서 얘기해."

신재림이 찾아왔다는 건 이미 내 정보가 레지스탕스에 노출되었다는 얘기다. 신재림을 따라 자리를 옮긴 틈을 타 다른 놈들이 아버지를 위협할지도 모를 일이다.

신재림은 피식 웃었다.

내 생각이 다 보인다는 얼굴을 하고서.

"아버지 걱정이라면 하지 마. 네 아버지를 어찌할 생각이었 다면 벌써 그렇게 했겠지."

맞는 말이다.

그 생각을 못 한 건 아니다. 한데 레지스탕스의 인간들은 도통 무슨 생각을 하고 있는 건지 모를 인물들이 많다. 범죄 자들 집단이니 만큼 기본적인 사고방식이 일반인과 다르다.

여전히 내가 미심쩍게 바라보자 신재림이 고개를 절레절레 저었다.

"어쩔 수 없나? 그래, 이해해. 우리 이미지가 많이 더럽지. 믿지 못하는 것도 당연하다. 그런데 우리는 그렇게 치사한 짓 거리 하지 않아."

"잠재적 범죄자의 말을 믿으라고 하면, 믿을 거냐?"

"그렇게 말하는 것도 이해한다. 모두 우리가 작정하고 만들 어낸 이미지니, 당연한 반응이다."

이 자식이 근데 아까부터 무슨 말을 하는 거야?

마치 내가 알고 있는, 아니 세상이 알고 있는 레지스탕스의 이미지를 그들이 일부로 꾸며낸 것이라는 투다.

세상 모든 범죄자 집단의 정점에 있는 레지스탕스다. 그런 몇 마디 요란한 말도 날 현혹시키려 하는 것이라면 얼토당토 않은 얘기다.

"찾아온 용건이나 말해."

"그렇게 공격적으로 나올 필요 없어. 대화를 나누고 싶을 뿐이니까. 굳이 네 집 앞까지 찾아온 건, 가장 만나기 쉬운 장소를 택한 것뿐이다."

"나와 내 가족에게 해할 생각은 전혀 없었다?"

"그래."

대화를 나누고 싶다라.

그 말의 진위 여부를 밝히기는 어렵지만 대화를 나눌 의향은 있다. 나도 레지스탕스에게 궁금한 것이 많다.

"궁금한 게 뭐지?"

"우선……."

신재림이 말을 하려 할 때였다.

"아진아~ 거기서 뭐 하니?"

철창 형태의 대문 너머로 아버지가 다가오며 물었다. 양손에 물통과 타월이 들려 있는 걸 보니 세차를 하러 나오신 모양이다.

"아버지."

"옆엔 친구분인가? 우리 아진이보다는 나이가 많아 보이는데, 형님이신가요?"

난 신재림을 잔뜩 경계했다.

그가 아버지에게 어떤 행동을 할지 모른다.

아버지를 바라보는 신재림의 얼굴에 사람 좋은 푸근한 미소가 떠올랐다. 나를 상대할 때와는 전혀 다른 모습이었다.

신재림이 아버지에게 허리를 넙죽 숙였다.

"안녕하세요, 아버님. 저 아진이랑 알고 지내는 신재림이라고 합니다."

"아, 그래요? 우리 아진이랑 친한가 보네요?"

"그럼요. 오늘도 보고 싶어서 말도 없이 불쑥 찾아왔습니다. 하하."

"그럼 밖에서 그러고 있지 말고 안으로 들어와요."

"아, 아니에요. 아버지. 그냥 얼굴만 보고 돌아가려고 했대요."

"맞습니다. 금방 돌아갈 참이었어요."

내 다급한 변명에 신재림이 맞장구를 쳐주었다.

어라? 왜 이런 식으로 나오는 거지?

이상했다. 다른 꿍꿍이가 있었다면 좋은 기회랍시고 냉큼 안으로 들어갔을 텐데, 그는 필요 이상으로 날 신경 써주고 있었다.

어떤 생각을 하고 있든 간에 녀석을 집안에 들이지 않는 게 속 편한 나로서는 환영할 일이다.

하지만 아버지는 내 속도 모르고 계속 신재림에게 들어올 것을 권했다.

"그래도 손님이 왔는데 문전박대할 수 있나요. 어서 들어와요. 더운데 음료수라도 마시고 가요."

그리 얘기하는 아버지의 눈동자와 음성에는 간절함과 고마움이 담겨 있었다.

왜 그렇게까지 신재림에게 집착하는 건가 싶었는데, 이내난 아버지의 속내를 알 수 있었다.

난 중학교에 입학한 이후부터 한 번도 친구를 집에 초대한적이 없었다.

그것이 아버지에겐 아픔과 걱정으로 다가왔을 것이다.

가난 때문에 창피해서 친구를 데리고 오지 않는 건지, 아니면 학교에서 왕따 같은 것을 당해 친구가 없는 건지, 불안한마음이었을 테지.

그래서 내가 보고 싶어 무작정 찾아왔다는 신재림이 아버지는 고마운 것이다.

하지만……

'이 녀석을 뭘 믿고 집에 들여.'

내가 어물쩡거리고 있자니 신재림이 내 귀에 대고 짧게 속삭였다.

"아무 일 없을 거라고 맹세할 테니 아버지께서 하자는 대로해."

찰나지간 엄청나게 많은 고민을 했다. 그런데.

"아진아, 형님 다리 아프겠다. 어서 모시고 들어와라."

아버지가 혹여나 그냥 갈까 싶어 얼른 대문을 열어젖히며 기쁜 얼굴로 말을 하니 도저히 거절할 수가 없었다.

게다가 아버지는 지금 우리가 이사 온 새집을 내 지인에게 보여준다는 사실이 엄청나게 뿌듯한 모양이었다.

결국 난 아버지의 말에 따르기로 했다.

"알았어요, 아버지. 들어갈게요."

"그래그래."

"그리고 세차는 그냥 두세요. 제가 이따가 할게요."

"그래그래."

말로는 그래그래 하시면서 아버지는 우리가 집 안으로 들어가자 도로 마당으로 나가셨다.

*　　　　*　　　　*

"집 좋네?"

내 방에 들어온 신재림이 내부를 둘러보며 말했다.

"음료수라도 줄까?"

난 침대에 걸터앉으며 지나가는 투로 물었다.

"그런 극진한 대접을 바란 건 아니니까 넘어가도 된다. 본론부터 얘기하지."

신재림은 아주 자연스럽게 컴퓨터 책상 앞에 놓인 의자에 앉았다. 다리를 꼬고 등을 푹 기대는 것이 아주 자기 집 안방에서 노니는 꼬락서니다.

"너, 왜 그렇게 레지스탕스만 건드리고 다니는 거냐."

"그놈들이 먼저 날 건드렸으니까."

"흑곰파라고 기억해?"

아주 잘 기억하고 있다.

그놈들 학교 앞에서 날 기다리고 있다가 한판 크게 떴었지.

그런데 흑곰이라는 녀석이 몬스터로 변이를 했었다.

내가 고개를 끄덕이자 신재림의 이야기가 계속 이어졌다.

"내가 알기로 흑곰파를 먼저 건드린 건 너였던 것 같은데."

틀린 말은 아니다. 지혜네 순댓국집에서 안하무인으로 행동한 녀석 두 명을 줘 팼는데, 그놈들이 흑곰파 막내였다.

"그건 흑곰파 막내 두 놈이 내 지인에게 무례하게 굴어서 어쩔 수 없이 손을 쓴 거야. 그 녀석들이 흑곰파 소속이었다는 것도 나중에 알았고. 근데 고작 그런 일로 학교 앞까지 우르르 날 찾아왔더군. 우두머리 흑곰이란 녀석까지. 게다가 그놈, 몬스터로 변이했었지."

"그런 사정이 있었다는 건 몰랐다. 오해했던 건 사과하지. 그럼에도 불구하고 석연찮은 부분이 너무 많아. 오늘 헤르메스의 주상철을 살해한 것도, 헤르메스에 소속된 놈들을 초주검으로 만들어놓은 것도 다 네 짓이잖아."

"나쁜 놈들이 나쁜 짓거리해서 손 좀 댄 게 문제냐?"

"하… 나쁜 놈들이라."

"그리고 애들 관리나 잘하지. 나한테 시비를 걸어온 레지스 탕스 녀석들 전부 류시해한테 넘어간 인간들이었거든. 주상철도 내가 죽인 게 아니라 류시해의 명령에 따라 자살한 거고."

"…뭐?"

"내가 널 못 믿는 것처럼 너도 날 믿지 못하겠지만 내가 한 말에 거짓은 조금도 없어. 그보다 흑곰이 몬스터로 변이했다는 대목에서는 왜 놀라지 않는데?"

"아니, 당시에는 상당히 놀랐다. 시간이 오래 지나다 보니 술자리 안주처럼 자주 회자되어서 그러려니 하고 있는 것일 뿐. 이후에도 몇 번이고 그런 사건이 벌어졌었고."

"그 사건의 원흉이 류시해라는 건 모를 테지."

"매드 피에로가?"

"지금 그 인간 비욘더 자격 박탈당하고 수배 떨어졌다. 지금쯤 또 어디서 너희 레지스탕스 인간들 꼬드겨서 세상에 이런저런 분란 일으킬 준비를 하고 있을걸."

"……"

신재림이 입을 꾹 다물었다.

그 나름대로 생각을 정리하는 모양이었다.

그럼 내가 도와줘야겠군.

"잘 들어. 류시해는 레지스탕스와 정부를 크게 격돌시키려 하고 있어. 두 무리가 싸우다 지쳐 있을 때, 류시해가 이끄는 또 다른 세력이 등장해 패권을 쥐게 하기 위함일 것이라는 게 내 추측이야. 내가 이런 얘기를 굳이 너한테 하는 건, 생각보단 네가 질 나쁜 인간은 아니고 말이 통할 것이라 판단되어서야. 왜 레지스탕스를 괴롭히고 다니냐며 내게 따질 시간에 돌아가서 내부 단속이나 잘해."

내 일침에 신재림은 한참 동안 고민하다가 겨우 입을 달싹였다.

"그래… 그랬군. 어쩐지 요즘에 상부의 명령을 듣는 둥 마는 둥 하는 녀석들이 많아졌다 싶었다. 주상철도 그렇고……."

"혹시 쌍칼파 애들이랑 이세명도 그랬냐?"

"…맞아."

"그 녀석들도 오늘 나한테 정리당했다. 참고로 이세명이 대가리로 있는 세명파 놈들은 전부 몬스터로 변이해서 찢어 죽였고. 그것 전부 류시해가 날 레지스탕스 놈들과 엮으면서 벌어진 일이야. 그리고 내가 주상철을 죽였다는 오보가 전파를 탔지. 레지스탕스와 정부는 이제 돌이킬 수 없는 길을 가게 될지도 몰라."

"……!"

신재림이 적잖이 충격을 먹은 얼굴로 날 바라봤다.

"네 말은 잘 알았어. 우리 가족이나 나한테 해할 마음이 전혀 없다는 걸. 나한테 원하는 대답은 다 들려줬으니 돌아가."

"아니, 오는 게 있으니 가는 게 있어야겠지."

"뭐가 더 남았어?"

"네가 지금까지 모르고 있던 레지스탕스의 진실에 대해서 얘기해 주겠다."

레지스탕스의 진실이라는 대목은 상당히 구미가 당긴다.

물론 저렇게 운을 떼고 이상한 얘기나 지껄일지도 모른다. 그러나 그건 들어보면서 판단할 일이다. 물론 그 전에 한번 떠봐야겠지.

"왜 갑자기 그런 걸 내게 말해주려는 건데?"

"말했잖아. 오는 게 있으면 가는 게 있어야 한다고."

"서두를 꺼내는 본새가 제법 무게 있는 얘기가 될 것 같은 데, 나한테 그런 걸 말해도 괜찮을까?"

"너한테 말해야 한다."

"뭐?"

"네가 들어야 돼. 너라면, 네가 내 말을 믿는다면 레지스탕스와 비욘더 사이에 새로운 연결 고리가 생길 수도 있다."

신재림의 분위기가 갑자기 돌변했다.

지금까지는 느낄 수 없었던 묵직함이 풍겨졌다.

난 그의 눈을 가만히 바라봤다.

일말의 흔들림이 없었고, 맑았다.

눈만 보면 도저히 거짓을 말하려는 사람 같지 않았다.

"말해봐."

일단은 들어보자.

정신 똑바로 차리고 한 자 한자 곱씹으면서 말 속에 담긴 진의를 파악해 보자.

신재림의 입이 천천히 열렸다.

"레지스탕스에 대해 네, 아니, 너희 비욘더를 비롯한 모든 사람의 머릿속에 박혀 있는 이미지는 어떤 거지?"

"그건 너희가 더 잘 알 텐데?"

"범죄자들의 집단."

"더 말할 필요도 없지. 그 한마디로 전부 설명될 테니까."

"과연 그럴까?"

"빙빙 돌리지 말고, 나한테 떠넘기지도 말고, 있는 그대로 본론부터 얘기해."

"내 입장은 이렇다. 네가 지금껏 생각하고 있던 레지스탕스와 정부의 이미지를 반전시켜라. 그럼 진실이 보인다."

솔직히 얘기해서 이번에는 상당히 놀랐다.

마음의 준비를 단단히 하고 있었는데도 신재림의 이야기는 임팩트가 상당했다.

그러나 나는 담담한 척 녀석의 말을 받았다.

"정부가 범죄자의 집단이고, 레지스탕스는 그런 정부를 근절하기 위해 노력하는 집단이라 이거야?"

신재림이 손가락을 딱 튕겼다.

"정답."

"그걸 믿으라고?"

"내가 강요할 수는 없지. 하지만 믿어줬으면 하는 바람이다."

"그럴듯한 증거나 정황 하나 없이 이 정도 사이즈의 얘기를 털어놓고 무작정 믿으라는 건 좀 너무하다 생각되는데."

"비욘더 길드에 대해 얼마나 알고 있지? 과연 네가 나보다 많이 알고 있을까?"

갑자기 이건 또 무슨 개풀 뜯어 먹는 소리야?

"레지스탕스의 정보력을 자랑하고 싶은 거라면 그냥 해. 이상하게 배배 꼬지 말고. 우리는 전국에 있는 비욘더 길드에 대해서도 모두 파악하고 있다. 뭐 이런 걸로 콧대 세우고 싶었어? 그럼 난 놀라면서 박수치면 되는 거지?"

신재림이 피식 웃으며 고개를 저었다.

"비욘더 길드의 마스터가 되기 위한 자격 조건에 대해서는?"

"네가 말해봐. 너희들은 비욘더 길드가 적대적 입장에 놓여있으니 속속들이 파헤쳐야 하겠지만, 난 그럴 필요가 없어서 크게 관심 두지 않았거든."

"그러지. 간단하게 설명할게. 정해진 테스트만 통과하면 누구든 길드 마스터가 될 수 있다. 남녀노소, 학력, 국적, 그런 건 아무것도 필요 없지."

대체 뭘 말하고 싶어서 저런 얘기를 꺼내는 건지 모르겠다.

그렇다고 괜히 대화의 방향을 이상한 쪽으로 배배 꼬아가는 건 또 아닌 듯했다.

"그래서?"

"14살이었나? 그랬을 거다. 내가 춘천 지부 길드 마스터가 되었던 것이."

"…뭐?"

"벌써 18년도 더 된 일이군."

"잠깐만, 네가 춘천 지부 길드 마스터였다고?"

"정확히는 비욘더 사상 최연소 길드 마스터였다고 하는 게 맞다."

14살에 길드 마스터가 되었다는 대목에서 놀라야 하는 건지, 레지스탕스 간부 중 하나인 신재림이 길드 마스터였다는 대목에서 놀라야 하는 건지 감을 잡지 못하겠다.

아니다.

둘 다 충분히 놀랄 만한 대목이구나.

물론 그게 진실이라는 가정하에서 말이다.

"여전히 말로만 번지르르하네. 네가 길드마스터였다는 증거는? 그건 어디 갔어?"

"신정희. 내 본명이다. 20살이 되던 해, 마스터의 자리를 스스로 버리고서 레지스탕스로 숨어들었지. 그때부터 난 신재림이라는 이름을 사용했다."

"그러니까 변절자가 되었다는 얘기군."

"정부와 비욘더 길드의 입장에서 보면 그렇겠지. 하지만 그런 게 아니다. 변절해 버린 건 우리가 아니라 정부야."

방금 절대로 그냥 넘어갈 수 없는 단어가 튀어나왔다.

"우리? 너 말고도 레지스탕스로 넘어간 비욘더가 더 있단 말이야?"

신재림이 고개를 끄덕였다.

"제법 있지. 게다가 그들은 전부 레지스탕스의 수뇌부가 되었다. 기존에 레지스탕스를 이끌고 있던 녀석들은 거의 대부분 몰아냈고, 우리에게 순응하는 녀석들은 너그럽게 받아들였지. 현재의 레지스탕스는 세간이 알고 있는 그 레지스탕스와 궤를 달리하고 있어."

"정말 미안한데 네 말은 처음부터 끝까지 너무 믿기가 힘들거든."

"그래. 아까부터 네가 줄기차게 해오던 그 증거 타령. 보여줄게. 그 전에 하나 묻자. 너, 비정상적인 성장을 보여왔지? 그래서 차서린이 네 정체에 대해 알고 싶어 했고."

"······."

이상하다.

내 뒷조사를 했다고 하기에는 너무 세세한 부분까지 모두 알고 있다.

신재림의 이야기는 계속 이어졌다.

"그러다 네가 끝까지 진실을 숨기려 하자 어느 날 자연스럽게 순댓국집으로 널 이끌었지."

그런 일이 있었다.

진흙괴물과의 일전을 벌인 후, 차서린이 길드에 찾아가 보고를 올린 날 데리고 신지혜의 어머니가 운영하는 순댓국집으로 향했다.

그녀는 거기서 순댓국과 함께 소주를 마파람에 게 눈 감추듯 들이마셨었다.

난 고개만 살짝 끄덕였다.

신재림은 기다렸다는 듯 다음 얘기를 나열했다.

"거기서 차서린은 네게 이렇게 물었을 거야. '정체가 대체 뭐냐'고."

그의 말을 듣는 순간 당시의 대화가 머릿속에 고스란히 떠올랐다.

"너, 정체가 대체 뭐야?"

"이어서 레지스탕스의 첩자가 맞는지 아닌지 두 번 물었을 거다."

"최악의 가정을 세웠을 때, 레지스탕스에서 심어놓은 첩자라면 나보다 먼저 상부에서 움직일 거고, 그땐 목숨도 보장할 수 없어요."

"그거 하나만 분명하게 말해줘요. 레지스탕스의 첩자가 정말 아닌 건지."

정확하다.

그날, 차서린은 내게 레지스탕스의 첩자인지 아닌지에 대해서 딱 두 번을 물었다.

그런데 이런 걸 어떻게 신재림이 알고 있는 거지?

그 당시 순댓국집 안에는 나와 차서린, 그리고 신지혜의 어머니밖에 없었다.

어머니는 부엌에서 사기 일을 보시느라 우리 내화에 신경 쓸 틈이 없었다.

아니, 신경 쓰고 있었다고 해도 차서린의 목소리는 나에게만 들릴 정도로 작았다.

한마디로 아무도 우리 얘기를 엿듣지 못했다는 것이다.

나나 차서린이 그날의 일에 대해서 누군가에게 발설하지 않는 한은 누구도 알 수 없는 이야기다.

물론 나는 그 일에 대해 혀를 놀린 적이 한 번도 없다.

그렇다는 건, 신재림이 알고 있는 그날의 일에 대한 출처가 차서린의 입이라는 말밖에 되지 않는다.

그때 신재림이 손가락을 딱! 튕겼다.

그 때문에 생각의 끈이 끊어졌다.

"무슨 생각 하는지 알겠는데, 방향을 잘못 잡았다. 아니, 정확히 얘기하자면 너의 짐작은 반은 맞고 반은 틀렸어. 차서린이 내게 네 얘기를 한 건 맞아. 하지만 자세한 이야기를 듣지는 못했어."

"비욘더 길드 마스터가 레지스탕스인 네게 내 이야기를 했다고?"

"그래. '루아진이라는 비욘더, 그쪽 사람이야?'라고 물어봤지."

들으면 들을수록 머리가 더 아파지는 전개다.

차서린이 무엇 때문에 그런 걸 신재림에게 묻는단 말인가.

"너희 집을 알려준 것도 그녀야. 레지스탕스에서는 아무것도 하지 않았어."

"그런 허무맹랑한 얘기를 태연자약하게 늘어놓는 것도 참 능력이야."

"믿기 힘들지만 믿어야 할 거야. 네가 원하는 증거를 보여줄 차례니까."

신재림이 손목시계로 시간을 확인했다.

"두 시 이 분. 삼 분 남았군. 이 정도면 충분하지."

"뭐가 삼 분이 남았고, 또 뭐가 충분하다는 거야?"

내 의문은 뒤로한 채 신재림은 스마트폰을 꺼내 어딘가로 전화를 걸었다.

"응, 나야. 지금 루아진과 같이 있어. 예상했었지만 도통 내 말을 믿으려 하지 않아. 그쪽이 달래봐. 스피커폰으로 바꿀게."

그가 스피커 모드로 전화하자 아주 익숙한 음성이 내 귀로 들려왔다.

─많이 놀랐겠네요, 우리 고딩.

"…차서린?"

─어머~ 이런 상황에서도 예의 없는 건 한결같네요? 연장자 이름을 그렇게 함부로 부르고 다니면 집에서 가정교육 엉망으로 받았다고 생각할 텐데, 그래도 좋아요?

"이게 지금 어떻게 된 겁니까? 마스터 차 맞아요?"

─보통의 남자들은 내 매력적인 보이스를 잊지 못하죠.

"어법이 조금 거슬리는 게 마스터 차 맞는 것 같네요.

─그쪽은 말투가 재수 없는 게 확실히 아진 어린이 맞구요.

그때 신재림이 끼어들었다.

"이 분밖에 안 남았어. 할 얘기만 해."

─그러죠. 아진 군. 방금 한번 들었겠지만 다시 강조할게요. 우리가 통화할 시간은 이 분이 고작이에요. 내가 레지스탕스 소속인 재림 님과 연락할 수 있는 건 하루에 한 번, 비욘더 길드 내부의 모든 전자파를 교란시키는 두 시부터 두 시 오 분까지밖에 없으니까요. 왜? 그때 말고는 모든 통화가 비욘더 길드 수뇌부들에게 감청당하거든요. 내 스마트폰도, 집 전화도 전부 감청당하고 있어요. 그런 고로 내 입장에서 꼭 해줘야 할 얘기만 할게요.

지금 이 모든 상황이 혼란스럽지만 일단은 그러겠다고 대답했다.

"알았어요. 얘기해 봐요."

─결론부터 밝힐게요. 나 역시 레지스탕스 소속이에요.

"네?!"

─놀라는 시간도 아까우니까 그냥 들어요. 난 레지스탕스의 첩자로 비욘더 길드에 들어와 마스터의 역할을 수행하고 있어요. 내가 아진 군을 순댓국집으로 끌고 가서 정체가 뭔지 한 번 물었고, 레지스탕스의 첩자가 아닌지 두 번 물었죠?

"그랬죠."

─보다시피 저는 레지스탕스 측과 연락을 할 수 있는 시간이 극히 제한되어 있어요. 그렇다고 하루에 한 번씩 통신을 취할 수 있는 것도 아니에요. 전파를 자주 교란시켰다간 비욘더 길드 측에서 이상한 낌새를 챌 게 분명하니까요. 때문에 레지스탕스 측에서 신입 비욘더로 위장시켜 길드에 보낸 첩자가 있을 경우 바로 알아채기 힘들어요. 그때를 대비해 첩자들끼리 소통할 수 있는 암호를 정했죠. 지정된 장소에서 지정된 물음을 주고받는 거예요.

"그럼… 지혜 어머니의 순댓국집이 지정된 장소고, 정체가 뭔지 한 번, 첩자인지 두 번 묻는 게……."

─그래요. 암호예요. 각 물음에 대한 대답은 '보는 사람마다 다르겠죠', '그럴 리가요', '맞다고 대답해 주길 바라는 겁니까'예요. 아진 군은 전부 다르게 얘기했죠. 첩자가 아니라는 걸 그

때 알았어요. 괜히 분위기 잡고 강하게 나갔던 거, 늦었지만 사과할게요. 내 입장에서는 그럴 수밖에 없었어요.

"아니 아니, 잠깐만. 다 됐고, 대체 왜 마스터 차가 레지스 탕스와 손을… 아니, 애초에 첩자라고 했었지. 이런 얘기들을 나한테 뭐하러 하는 겁니까? 당장 내가 비욘더 길드 상부에 알리면 어쩌려고.

ㅡ왜 그러냐고? 당신의 힘이 필요하니까. 당신이 비욘더 길드 상부에 이를 알리면 어쩔 거냐고? 그럴 수 없을 거예요. 만약 아진 군이 그럴 낌새를 보이는 순간 그 즉시 재림 님에게 목이 꺾일 거예요.

"웃기는 소리."

ㅡ괜히 시험해 보려는 어리석은 생각은 집어치워요. 재림 님은 7서클이에요.

7서클?

지구에도 7서클 비욘더가 있었어?

에스테리앙 대륙에서도 7서클 비욘더는 많이 보기 힘들었다. 그런데 신재림이 7서클 비욘더라니?

게다가 난 지금 그의 능력을 정확히 모른다.

이런 상황에서 섣불리 덤볐다간 차서린의 말대로 내 모가지가 꺾일 가능성이 높다.

신재림은 표정 변화 없이 그저 자신의 스마트폰을 주시하고 있을 뿐이었다.

─냉정하게 느껴지겠지만, 그리고 우리도 소중한 동료가 될 수도 있었을 사람을 잃는다는 게 안타까운 일이지만 어쩔 수 없어요. 아진 군이 눈먼 장님인 채로 썩어버린 정부의 개가 되도록 두느니 차라리 여기서 싹을 자르는 게 나아요. 시간 다 됐으니 통신 끊을게요. 부디 다음번에 볼 때 어깨 위에 머리가 붙어 있기를 바랄게요.

이 여자는 끝까지 이런 식이다.

좋게 좋게 다음번에는 웃으면서 볼 수 있기를 바란다고 하면 얼마나 좋아?

"이제 내 말을 믿겠나?"

신재림이 스마트폰을 주머니에 집어넣으며 물었다.

지금껏 내가 알고 있던 진실과 거짓이 모조리 뒤집어졌다.

＊　　　＊　　　＊

신재림과 나 사이에 침묵이 흘렀다.

머릿속이 복잡해지니 절로 말문이 막혔다. 신재림은 그런 날 가만히 내버려 두었다.

내 심경을 정리해 보자면 머리로는 아직도 이 상황이 제대로 받아들여지지 않는다.

그런데 가슴은 이미 차서린을 따르라 하고 있었다.

내겐 정보가 더 필요했다.

"현재의 레지스탕스는 어떤 조직이지?"

"아주 건전하다고 할 순 없지만, 그렇게 되기 위해서 노력하는 조직 정도라고 알아두면 좋을 것 같군."

"넌 무엇 때문에 비욘더 길드를 떠나 레지스탕스에 붙은 건데?"

"정부와 비욘더 길드의 윗대가리들이 더러운 작당을 하고 있다는 걸 알게 됐다."

"자세하게."

"인젝트 프로젝트."

"그게 뭔데?"

"정부에서 암암리에 진행하고 있는 연구다. 비욘더의 능력을 차출해 일반인들에게 주입해서 인공적인 비욘더를 만들어 내는 거지."

뭐야, 이 황당무계한 프로젝트는?

비욘더를 인공적으로 만들어낸다고?

그게 가능…….

"윽!"

갑자기 머리가 지끈거린다.

"왜 그러지? 뇌가 감당할 수 있는 범주의 한계를 벗어나 버렸나?"

저 자식은 사람이 아파서 신음하는데 저따위 농담이나 해대고 있냐.

"괜찮냐."

"놀려먹을 거 다 놀려먹고 이제와 신경 써주는 척해서 참 고맙… 윽!"

머리가 계속해서 아프다.

갑작스레 찾아온 두통이 격렬하게 머릿속을 두들긴다.

그러다 애써 떠올리지 않으려 했던 기억 하나를 끄집어냈다.

"사랑하는 나의 아들, 아르넬로."

바르반.

현자인 척, 자상한 아비이자, 세상을 떠난 아내밖에 모르는 헌신적인 사람인 척 모든 이들을 기만한 남자.

그래, 그 남자도 내게 강제로 테이머의 능력을 집어넣었었다.

수많은 몬스터들을 희생시켜 그들의 유전인자를 주입시켰다.

"그래… 그랬었지."

"뭐? 뜬금없이 웬 혼잣말이야?"

"아무것도 아니야."

바르반이 대단한 인물이긴 했지만, 그가 혼자서 해낸 걸 지구의 석학들이 해내지 못하란 법도 없다.

"아무튼 알겠어. 한데 인젝트 프로젝트 자체에는 큰 문제가 없어 보이는데?"

"문제가 아주 많아. 누구의 희생도 없이 수많은 비욘더들을 양산할 수 있다면 좋겠으나 상황이 그렇게 아름답진 않아."

"뭐가 더 있는 거지?"

"인젝트 프로젝트에 동원되었던 비욘더들 중 되돌아온 이는 단 한 명도 없다."

"그 말은… 실험체가 된 비욘더들이 전부 죽었다는 얘기야?"

"그건 알 수 없지. 죽어버린 건지, 아니면 정부 놈들의 마루타로 쓰이고 있는지."

"너무 비약적인 생각 아닌가?"

"13년 전, 그러니까 내가 길드 마스터직을 때려치우던 해였지. 이미 몇 달 전부터 정부의 낌새가 이상하다는 걸 눈치채고 있던 즈음이었다."

신재림이 내게 말하길 14살 때 길드 마스터가 되었고 그게 18년 전이었다고 했으니까, 13년 전이라고 하면 그의 나이 고작 19. 아직 성인이 되기도 전이다.

한데 그때부터 이미 정부의 일 깊숙한 곳까지 관심을 가지고 촉각을 곤두세웠다니.

여러모로 대단한 인간이긴 하다.

"한데 정부에게서 구린내를 맡은 건 나뿐만이 아니더군. 전국 각지에서 비욘더로 활동하던 이들 중, 정부의 속내를 밝혀야 한다는 의식을 가진 비욘더들이 남몰래 회동을 시작했다. 우리는 항상 정부의 행동거지 하나하나를 주시했지. 그러다 이상한 걸 알게 됐다. 주변의 강력한 비욘더들 몇몇이 사라져 버린 거야."

"정부 측에서 납치라도 한 건가?"

"아니, 제 발로 걸어오게 만들었겠지. 따로 할 말이 있다든가, 은밀하게 전달할 임무가 있다든가, 윗분들이 그대를 좋게 보고 있으니 저녁 한 끼 하자든가, 비욘더를 혹하게 해서 호랑이 굴 속으로 끌어올 만한 방법은 많지."

"그렇게 끌려온 비욘더들을 잡아 인젝트 프로젝트를 강제 진행한다?"

"그래."

"하지만 그런 일이 있었다면 몇몇 비욘더가 아니라 전국의 모든 비욘더가 들고일어나지 않았을까? 멀쩡한 비욘더들이, 그것도 강력하다는 이들이 사라졌는데, 다들 가만히 있을 리 없잖아?"

"아니. 대외적으로 그들은 던전을 돌다가 사망한 것으로 보도되었어."

"어떻게 그럴 수 있지?"

"정부와 내통하는 비욘더들이 있었던 거야. 그들의 입을 타고 흘러나온 소문은 진실로 포장되어 퍼져 나간 거지. 당시엔

나도 그게 진실이라고 믿었었다."

"…엉망이군."

역시 정부라는 단체는 우습게 볼 집단이 아니다.

세상에 영악하다는 인간들만 모여 있는 곳이 바로 정부다.

그 안에서 무언가를 꾸미려 한다면 불가능할 것이 없다.

없는 신도 만들어내고, 있는 신도 죽인다.

미디어를 장악해 제들 입맛대로 버무리는 건 일도 아니다.

어느 순간부터 한국의 정부는 그따위로 변해 버렸다.

그리고 그 더러운 행태는 몇 세대가 지난 지금에도 꾸준히 이어져 내려오고 있다.

올곧은 정신을 가진 몇몇 정치인이 이를 타개하려 노력했으나 역부족이었다.

어느 정도의 정화는 가능했지만 뿌리 깊숙이 박혀 있는 썩은 무리들을 완전히 끌어낼 수는 없었다.

그 여파가 지금에까지 미치고 있는 것이다.

이 나라에서 정부는 신이다.

아니, 신보다 더한 존재다.

"그래서 정부와 내통하는 비욘더들은 어떻게 됐지?"

"우리가 레지스탕스로 숨어 들어가 내부의 분위기를 완전히 변화시켜 장악한 뒤, 몰래 잡아 죽였다. 당시 정부는 이런 우리의 소행을 레지스탕스의 도발이라는 이름으로 공표했고, 두 집단 사이에 큰 전쟁이 발발할 뻔했지. 하지만 우리 쪽에서 먼저 머리를 숙였고 정부는 체면치레를 함과 동시에 위신을 잔뜩 세울 수 있었으니 그 정도로 하고 물러났었다. 끝까지 가자고 붙어봤자 제들도 손해라는 걸 잘 알고 있었거든."

그래, 그런 사건이 있었다는 글을 본 적이 있다.

그 이후로 레지스탕스는 전보다 더욱 정부의 눈치를 보며 죽어지낸다는 글귀로 마무리된 기록이었다.

"그럼 너와 네 동료들이 정부를 적대시했던 건 비욘더들을 함부로 다뤘다는 이유 때문인 거냐?"

"아니. 그 정도였다면 이런 식으로 필사적으로 정부와 싸우려 들지는 않았겠지. 만약 정부가 단순히 지구 방위의 목적으로 인공적인 비욘더들을 양산하는 거였고, 스스로 지원하는 자가 없어 국방을 위해 어쩔 수 없이 비인도적인 길을 택한 거라면, 대화의 여지는 있었을 거야."

이제는 내 코에도 정부 놈들의 구린내가 맡아지는 것 같다.

그래, 신재림의 말대로 정부 쪽 인간들은 사리사욕을 채우는 데 바쁘지, 대의를 위해 자신의 목숨을 희생할 인재들이 아니다.

녀석들이 비욘더를 강제로 실험에 동원해 인젝트 프로젝트로 하려 했던 것.

그 악랄한 저의에 대해 신재림이 입을 열었다.

"그들은 정부에 충성할 비욘더 군단을 만들려 하고 있다."

"비욘더… 군단이라고?"

"그래. 확신할 수는 없다. 지극히 내 추측에 불과하다. 하지만 그것이 진실에 가장 근접한 가정이라고 생각한다."

"근거는?"

"과거 5클래스 매지컬 비욘더가 있었다. 이름은 송두영. 대외적으로 알려진 그의 능력은 화염 계열과 얼음 계열의 마법을 시전할 수 있다는 것이었지. 하지만 그에게는 남들이 모르는 능력 하나가 더 있었다. 바로 텔레파시였어. 송두영은 매지컬 비욘더이자 센서블 비욘더였던 거지. 바로 너처럼."

나 같은 인간이 지구에 더 있었을 줄은 몰랐다.

사람이 한 번에 두 가지 이상의 능력을 갖는 게 쉬운 일은 아니니까.

그건 노력만으로는 안 된다.

타고난 자질이 있어야 한다.

신재림의 말대로라면 송두영은 자질을 타고난 인간이다.

"그가 텔레파시 능력을 사용할 수 있다는 건 나를 비롯한 몇몇 비욘더만 알고 있었다. 다들 그와 친분이 두터운 자들이었지. 그들 중 대부분이 지금 레지스탕스를 지배하고 있는 이들이기도 하다. 아무튼 송두영은 동료들이 계속해서 죽음을 맞이하는 게 이상하다 여겼다. 그맘때쯤 나도 정부를 의심하던 중이었고."

신재림은 잠시 말을 끊은 뒤, 마른 입술을 혀로 적셨다.

"물이라도 줘?"

신재림이 피식 웃었다.

"이번엔 진심으로 물어보는군."

"너에 대한 신뢰가 처음보다 상당히 높아졌으니까."

"호의는 고맙지만 바로 이어서 얘기하지."

신재림의 입에서 다시 송두영의 이야기가 흘러나왔다.

"송두영은 정부가 벌이는 행위를 막기 위해서는, 그리고 우리의 얘기를 들어줄 사람을 만들기 위해서는 확신이 필요하다 판단했다. 그래서 티가 나도록 정부의 뒤를 캐고 다녔지. 정부는 당연히 그런 송두영의 행태가 마음에 들지 않았을 테지. 당연히 송두영을 제거할 궁리만 하고 있었을 거다. 그러던 어느 날, 정부는 송두영에게 서로간의 오해를 풀고 싶다며 불러들였다. 송두영은 그것이 호랑이 굴에 들어가는 것이라는 걸 알면서도 걸음을 했지."

난 신재림의 이야기에 깊이 빨려 들어감을 느꼈다.

그가 선택하고 내뱉는 단어는 담백했고, 이야기도 과장됨이 없이 잔잔하게 풀어놓았으나, 이상하게 사람을 끌어당기는 힘이 있었다.

송두영이라는 사람이 마치 내 앞에 실존하고 있는 것 같은 착각이 일 정도였다.

"예상대로 송두영은 정부 녀석들에게 제압당해 실험대로 올랐고, 그때부터 그는 연락이 가능한 모든 이들에게 텔레파시를 보냈다. 그가 보고 듣고 느끼는 모든 것들을 우리에게

애기했지. 하지만 모든 정황을 자세히 파악할 순 없었다. 송두영은 실험을 당하는 도중 제정신일 때보다 반쯤 미쳐 있을 때가 많았고, 깨어 있는 시간보다 졸도하는 시간이 더 많았으니까."

"그가 뭘 봤던 거지?"

"비인간적인 정부의 실험. 그리고 자신처럼 시험대에 누워 갖은 고초를 당하는 여러 명의 비욘더들. 그들은 전부 던전에서 죽임을 당했다 보도된 이들이었지. 아울러 그의 귀를 통해 들려온 이름 모를 학자들이 나눈 잡담들."

신재림이 잠깐 틈을 두었다가 말을 이었다.

"그 잡담들을 요약해 보자면 이렇다. 마루타가 된 비욘더들은 아마 대부분 죽을 것이다. 대신에 그들의 힘을 이어받은 열 명 내지 스무 명의 비욘더가 만들어질 것이다. 정부는 인공적으로 탄생시킨 비욘더들의 정신을 개조하려 하고 있다."

정신을 개조해?

그건 말 그대로 정부에게 충성하는 개를 만들겠다는 거 아냐?

신재림이 내 얼굴을 살피다가 고개를 끄덕였다.

"네가 짐작하는 게 맞을 거다. 나 역시 그렇게 생각하고 있다. 그러나 차서린은 아직까지 이를 부정하고 싶어 해. 정부가 그렇게까지 썩어 있을 리 없다 믿고 싶은 거겠지."

"정황이 너무나 확실한데 왜 그런 생각을 하는 거지? 심지가 약한 여자로 보이지는 않았는데. 내가 차서린을 잘못 알고 있었던 거야?"

"그녀의 아버지이자 한국 비욘더 협회의 장을 맡고 있는 차진혁이 정부 사람들과 손을 잡고 움직이고 있으니까."

난 두 가지 사실에 놀랐다.

차서린의 아버지가 한국 비욘더 협회장이라는 사실과 비욘더 길드의 윗대가리들도 정부 놈들만큼 썩어 있다는 사실.

차마 내가 무슨 말을 내뱉지 못하고 있자니 신재림이 다시 입을 놀렸다.

"차서린은 아마 다른 꿍꿍이가 있을 거라고 애써 돌려 생각하는 것 같지만 그녀도 곧 진실을 받아들이게 될 거다. 정부와 한국의 비욘더 협회 윗분들은 꼭두각시 비욘더 군단을 만들어 이 땅을 지배하려 하고 있다. 이걸로 내가 알고 있는 모든 것을 네게 얘기했다."

신재림이 오른손을 내게 내밀었다.

"네 눈을 가리고 있던 진실과 거짓이 뒤바뀌어 버린 지금, 넌 누구의 손을 잡을 거냐."

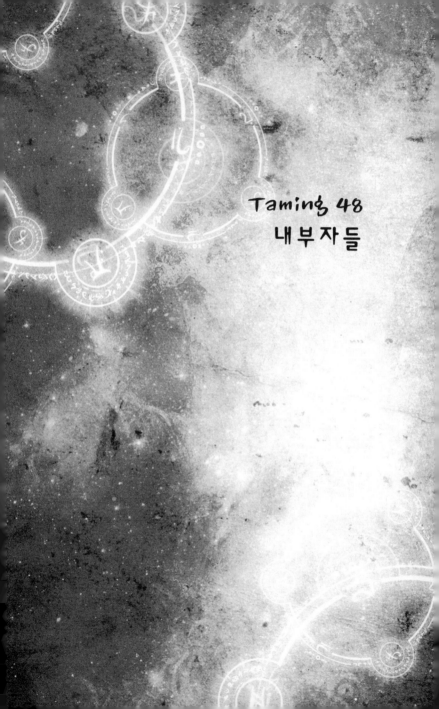

Taming 48
내부자들

진실을 알았고, 판단은 내 몫이다.

문득 아주 오래된 고전 영화 하나가 떠올랐다.

'매트릭스'라는 영화 속 주인공 네오는 거짓된 현실에서 살아갈 것인지, 처참한 현실을 마주할 것인지 선택의 기로에 놓인다.

나 역시 지금 그 기로에 서 있다.

하지만 필요한 정보를 얻고 난 이후엔 망설임이 없었다.

난 신재림의 손을 잡았다.

그가 의외라는 듯 날 보더니 씩 웃었다.

"지금껏 신중하던 모습이 거짓말인 것 같다. 결단은 빠르군."

"망설일 이유가 사라졌으니까."

"뜻이 통한 걸 알았으니 손은 그만 놓지. 남자 손은 오래 잡는 성격이 아니라서."

농을 던지며 신재림이 손을 뺐다.

"이제 뭘 어떻게 하면 되지?"

이제 나는 신재림과 차서린을 따라 레지스탕스에 발을 들여놓게 되었다.

한데 앞으로 뭘 어떻게 해야 할지 감이 잡히지 않는다.

이대로 정부를 등지고서 레지스탕스 깊숙이 들이기기로 그렇고, 정부가 뭘 하는지 뻔히 알면서 그들의 입맛대로 따라주는 것도 내키지 않는다.

"일단은 평소와 다를 것 없이 행동해. 콜이 뜨면 받고, 던전이나 필드를 돌고, 몬스터를 잡고, 전리품을 팔아 돈을 벌고. 그렇게만 하면 돼."

"언제까지?"

"정부가 네게 손을 내밀 때까지."

"나한테 손을 내민다고? 왜? 인젝트 프로젝트의 희생양으로 삼기 위해서?"

"그런 욕심이 분명히 있겠지. 하지만 안심해. 정부는 아직 널 멋대로 건드리지 못해. 차진혁이 중간에서 그걸 막고 있다."

"정부랑 붙어먹는 인간이 왜?"

"춘천 지부 소속 비욘더들 건드리는 걸 죽기보다 싫어하는 차서린이 그의 딸이니까."

"차서린 덕분에 내가 안전할 수 있다는 거군."

"실제로 그녀가 춘천 길드 마스터 자리에 앉은 이후, 이 지역의 비욘더들만 정부의 수작에 당하지 않았지."

"역시 성깔 하나는 알아줘야 돼."

"말도 안 되는 아버지 밑에서 말도 안 되는 딸이 태어난 거야."

정부와 손을 잡고 있는 아버지와 정부를 막으려고 하는 딸이라니.

핏줄끼리 실로 어마어마한 전쟁을 치르고 있는 것이다.

"아무튼 정부에서 나한테 손을 내미는 이유가 뭔데?"

"내가 아까 말했었지? 정부가 무슨 짓을 하려는지 알면서도 그들을 따르는 비욘더가 있다고."

"응."

"너도 그런 비욘더가 되도록 회유하려 들 거다."

"미친. 그 정신 나간 새끼들이 뭔 지랄을 해도 난 안 넘어가."

"그들을 직접 만나보기 전까지는 누구라도 그렇게 호기롭지. 하지만 권력의 달콤함이라는 건 뿌리치기 어려운 유혹이다. 한번 맛보면 도저히 끊을 수가 없지."

신재림이 날 잘 몰라서 하는 걱정이다.

이미 권력으로 누릴 수 있는 것들은 바르반의 양아들로 지내면서 모두 누렸다.

당시의 난 에스페란자 가문의 후계자란 이유 하나만으로 어딜 가도 대접받았고, 원하는 건 뭐든 손에 넣었었다.

말 한 마디로 작은 마을 하나 정도는 쉽게 무너뜨릴 수 있을 정도의 힘이 있었다.

물론 그딴 짓을 하지는 않았지만.

그렇게 남부러울 것도, 무서울 것도 없이 살던 어느 날 아르마에게 모든 것을 짓밟히고 낭인의 생활도 해봤다.

그런 내게 권력의 유혹 같은 건 크게 다가오지 않는다.

"내가 알아서 잘 뿌리칠 테니 걱정하지 않아도 돼."

"그래. 일단은 믿어보도록 하지. 그러나 네가 조금이라도 그들에게 물들었다 생각되는 순간, 우리는 너와의 연결 고리를 모두 끊어버릴 거다. 그리고 최악의 경우."

"날 죽일 수도 있다, 뭐 그런 얘기 하려는 거지?"

신재림이 고개를 끄덕였다.

"그런 상투적인 얘기는 됐고, 정부가 접근해 오면 난 어떻게 대처해? 그들에게 회유되는 척하면서 내부자가 되라는 말이 나올 차례 같은데. 맞나?"

신재림이 가볍게 박수를 쳤다.

"역시 머리는 제법 돌아가는군."

"그런 얘기 들을 만큼 대단한 짐작을 한 것 같진 않은데."

"네 짐작대로다. 넌 정부에게 회유당하는 척하며 내부자가 돼서 그들의 모든 정보를 우리에게 넘겨라."

"쉬울 것 같지는 않아."

"어렵겠지."

"근데 쉽고 어렵고를 떠나서 정부가 나를 지네 쪽으로 끌어 들일 맘이 있어야 성사되는 이야기잖아, 이거?"

"놈들은 그렇게 할 거야."

"어떻게 자신하지?"

"말했잖아. 정부에선 네 힘을 원해. 어떤 형태로든. 하지만 인젝트 프로젝트 이용하는 건 차서린이 원치 않으니 어쩔 수 없이 차진혁이 막고 있는 실정이다."

"확실해?"

"차서린에게서 직접 들은 내용이야. 그녀가 아버지를 찾아 가 담판 지었다더군. 네 털끝 하나라도 건드리면 다 뒤집어 엎 어버릴 거라고."

이거 참.

차서린이 나 몰래 여러 가지로 도움을 주고 있었네?

다음번에 보면 고맙다는 말이라도 해야겠어.

"그래서 꿩 대신 닭이라고, 내 힘을 인젝트 프로젝트에 사 용할 수 없으니 나라는 인간 자체를 회유시켜 지들 편으로 만 들고 싶어 할 거라 이거네?"

"맞아. 할 수 있겠어?"

"그거 선택권이 있는 물음이야?"

"예의상 묻는 거라고 해두지."

"필요 이상으로 솔직하네."

"너 말고도 춘천에서 우리와 뜻을 함께하는 내부자들이 몇 있다. 그들의 명단을 넘겨줄 테니 협력하도록 해."

"동료가 있다는 말이 그나마 위안을 주긴 하는데, 몇 명이나 돼?"

"셋."

내부자가 셋이라.

많지도 적지도 않은 숫자다.

"그들은 언제부터 활동했지?"

"내부자를 심기 시작한 건 얼마 되지 않았어."

"그럼 아직 정체가 들통난 케이스는 없겠네."

"다행스럽게도."

"내부자들이 알아낸 건?"

"아직까지는 인젝트 프로젝트에 관한 내 추측이 거의 맞는 것 같다는 정도가 전부야. 녀석들은 비욘더에게 모든 걸 다 내어줄 듯 두 팔 벌려 안아주면서도 교묘하게 속내를 드러내진 않아. 늙은 여우들이 좀 많아야지."

이거 내가 내부자로 추가 투입된다고 해서 특별히 더 가져올 수 있는 정보 같은 게 있을지 모르겠다.

"얘기는 여기까지. 말해둔 대로, 넌 일상을 지내다가 정부가 접촉해 오면 손을 잡도록 해. 어떻게든 정부가 널 신임하도록 만들어."

"근데 정보를 빼 온다든가 하는 일은 해본 적이 없어서 어떻게 해야 할지 잘 모르겠는데."

"내부자들 중 그 분야의 배테랑이 있으니까 그건 걱정하지 마. 충분히 잘 도와줄 거야."

"그럼 이만 가봐야겠어. 배웅 나올 필요 없으니까 편히 쉬어."

신재림은 의자에서 일어나 문을 열었다.

나는 그의 뒤에 대고 물었다.

"아, 그런데 궁금한 거 한 가지. 그쪽은 능력이 뭐야?"

신재림이 살짝 고개를 돌려 씩 웃었다.

"타임 워커."

"타임 워커? 시간을 걷는다고?"

"나는 시간을 다스린다. 내 시간을 타인의 시간보다 빠르게 움직일 수 있지. 물론 이 능력엔 부작용이 따라. 능력을 사용할수록 빨리 늙는다는 거다. 그래서 내 나이가 올해 32인 데다 상당한 동안이었음에도 불구하고 얼핏 보면 늙어 보이는 거지."

"좋은 건지 나쁜 건지 알 수가 없네."

"보여줄까?"

"괜찮겠어?"

"보고 나면 등줄기가."

갑자기 신재림이 내 앞에서 사라졌고.

"서늘해질 텐데."

내 바로 뒤에서 그의 음성이 들려왔다.

화들짝 놀라 고개를 돌렸을 때 그는 보이지 않았다.

"어디로 간 거야?"

그때 창문 밖에서 신재림이 날 불렀다.

"아진아, 간다!"

신재림은 벌써 집밖으로 나가 정원을 가로질러 대문에 다가
가는 중이었다.

난 창문을 열고 소리쳤다.

"이거 거의 공간이동 수준이잖아?"

"내 시간을 빨리 움직였을 뿐이다! 첫 번째 서랍 열어봐라!"

그 말을 남겨두고 신재림의 모습은 또다시 사라졌다.

정말 귀신이 곡할 노릇이다.

난 멍하니 창밖을 내다보다가 몸을 돌려 신재림이 앉았던
의자에 엉덩이를 붙였다. 그리고 책상 첫 번째 서랍을 열었다.
텅 빈 서랍에는 작은 쪽지 하나만 덩그러니 놓여 있었다.

"이건 또 언제 놓고 간 거야?"

상황이 이렇게까지 되고 보니 정말 신재림의 말마따나 등
골이 살짝 서늘했다.

난 그가 어떻게 움직이는지 보지도 못했다.

그가 작정하고 날 죽일 셈이었다면 쥐도 새도 모르게 당했을지도 모를 일이다.

나도 모르게 목을 어루만지면서 쪽지를 펴보니 안에 짧은 글귀가 적혀 있었다.

―강철수, 설소하, 정광순
―010. 74X2. 32XX

첫 줄에 적힌 세 사람의 나와 같은 내부자들인 모양이다.

"강철수랑 설소하가 내부자였어?"

신재림이 내부자들 중, 이런 분야에 아주 능숙한 사람이 있다고 하더니 강철수를 두고 한 말인 모양이다.

그런데 설소하는 조금 의외다.

그 순박한 도련님이 과연 연기를 잘할 수 있을까?

설소하 때문에 산통이나 다 깨지 않으면 다행이라고 생각이 드는데, 어째서 그를 내부자로 선택한 건지 의문이다.

마지막으로 정광순은 몸이 먼지만큼 작아지는 드미니시(Diminish)의 능력을 가지고 있는 센서블 비욘더다.

내가 만났을 당시는 3클래스였는데 지금은 또 얼마나 실력이 늘었을지 모르겠다.

아무튼 그는 비욘더로서의 능력뿐 아니라 기본적으로 갖추고 있는 무예 실력 또한 뛰어나다.

그는 한국의 여러 문파 중 한울파 소속으로 그 안에서도 서열 100위권 안에 드는 실력을 가진 이로, '각치'의 칭호를 부여받았다.

게다가 늘 웃는 얼굴로 재미있는 농담만을 늘어놓아 속내를 알기 힘든 사내다.

"내부자로 활동하기에 아주 좋은 조건을 갖췄지."

이 세 명의 명단 옆에 내 이름이 새로 추가된다.

이거 살짝 어깨가 무거워지는걸.

"밑에 번호는 신재림이 자기 거 적어놓은 걸 테고."

나는 신재림의 번호를 스마트폰에 저장해 놓은 뒤 쪽지를 찢어 태웠다.

그리고 침대에 드러누웠다.

하루 동안 커다랗고 굵직한 사건들만 연달아 터져 버리니 아무리 나라고 해도 맥이 탁 풀렸다.

주머니에서 하얀색 알약들을 꺼냈다.

총 17개.

주상철을 잡으러 갔을 때, 내게 덤볐다가 떡이 된 헤르메스 건달 놈들 주머니에서 수거한 것이다.

"이걸 어떻게 처리한다."

난 알약들을 가만히 살펴봤다.

그런데 한쪽 면에 숫자가 적혀 있었다.

"어디 보자. 3이 열 개. 4가 다섯 개. 5가 두 개. 흠."

아무래도 이 숫자들이 이 약을 먹으면 변하게 되는 몬스터의 레벨을 표기해 놓은 듯하다.

"이거 몬스터들한테 먹이면 어떨까?"

그러니까 1레벨 몬스터한테 3레벨 알약을 먹이면 3레벨 몬스터로 진화하지는 않을까?

생각대로만 된다면 땡잡은 건데.

"응?"

난 알약들을 더 자세히 뜯어보다가 5라는 숫자가 표기된 알약 중 하나의 반대면에 Q라는 알파벳이 각인되어 있는 걸 발견했다.

다른 알약에는 그런 표시가 보이지 않았다.

"이거 혹시."

먹으면 몬스터 퀸으로 변하는 거야?

만약 그렇다면 내가 테이밍한 링링 군단 아무나 한 녀석에게 먹여서 5레벨 몬스터 퀸으로 진화시킬 수 있을지도 모른다!

"아, 근데 약효가 사람에게만 유효한 거면 어쩌지?"

그렇게 되면 애써 얻은 알약 하나 버리게 되는 셈인데.

그래도 사람한테 시험할 수는 없는 일이니……

"아니지. 사람한테 왜 시험할 수가 없어?"

짐승보다 못한 인간이 세상에 얼마나 많은데. 안 그래?

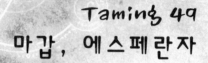

Taming 49
마갑, 에스페란자

　신재림과의 만남 이후, 한 달이 흘렀다.

　내 일상은 전과 다름없이 지나고 있었다.

　여전히 던전과 필드를 돌고, 몬스터를 잡아 전리품을 팔았다.

　가끔 강철수와 설소하, 그리고 정광순이 파티 매칭되어 함께 던전을 돌기도 했지만 그들은 레지스탕스와 관련된 어떤 얘기도 하지 않았다.

　하지만 나를 바라보는 눈빛은 확실히 변해 있었다.

　강철수와 정광순은 전과 달리 한층 깊어진 시선을 내게 던졌다.

그런데 설소하에게서는 그마저도 보이지 않았다.

그는 정말 나와 관련된 그 어떤 얘기도 전해 듣지 못한 사람 같았다.

평소 그의 성격으로 보자면 이런 상황에서 내게 미묘한 감정의 변화를 표현해야 맞는데 완전히 모르쇠로 일관했다.

연기의 신을 보는 줄 알았다.

그게 아니라면 평소의 청학동 선비 같은 모습 자체가 연기라거나? 후자라면 완전히 소름이다.

차서린은 내가 레지스탕스와 손을 잡기로 한 이후, 개인적인 비밀에 대해서 더 묻지 않았다.

전에는 날 못 믿어서 어떻게든 속내를 파고들려는 느낌이었다면, 지금은 언젠가는 진실을 얘기해 주겠거니 하며 믿어주는 느낌이 강했다.

이런 게 바로 유대감이라는 것이겠지.

아마 그녀와 나 사이에 레지스탕스 소속이라는 연대가 없었다면 그녀와 얼굴을 마주할 때마다 이것저것 취조를 당했을 것이다.

아무튼 나 개인적으로는 최근의 한 달이 한 번 더 재무장을 하는 시기였다.

우선 집 사고 차 사느라 많이 빠졌던 통장의 잔고가 다시 무섭게 차올랐다.

지금은 15억 조금 넘는 돈을 모은 상황이었다.

내가 잡아 죽이는 몬스터들의 레벨이 높아지니 그만큼 전리품을 팔아 얻게 되는 수입도 늘어났다.

"그러고 보니 나한테 너무 투자를 안 했네."

몬스터 군단은 계속해서 세를 불려가고 있었다.

6클래스인 내가 길들일 수 있는 몬스터의 수는 120마리인데, 현재 110마리까지 테이밍한 상황이다.

게다가 1성인 몬스터는 하나도 없었다.

링링 군단의 링링이들조차 전부 3성 이상이었다.

그동안 던전과 필드를 열심히 돌면서 성장시킨 결과물이다.

아공간에 짓고 있는 성은 몬스터들의 협업으로 인해 빠른 진척도를 보이며 반 이상 건설되었다.

내가 직접 건설 감독관 딱지를 달고 총지휘를 하고 있으니 부실 공사는 있을 수 없는 일이다.

가장 좋은 자재들을 구해서 저택을 짓는다고 투자한 돈도 어마어마했다.

현재까지 1억이 넘어갈 정도니 말이다.

그런데 정작 나한테는 아무것도 투자를 하지 않았다.

다른 비욘더들은 전리품을 팔아 돈이 들어오면 자신의 몸을 보호할 방어구와 전투력을 높여줄 무기들을 열심히 사들인다.

그래서 웨폰 회사들이 먹고산다.

하지만 나는 달랐다.

몬스터들을 앞세워 싸우다 보니 전장에서 크게 위협을 느낀 적이 많지 않고, 이는 자연스레 웨폰 회사로 향하는 발걸음이 뜸하도록 만들었다.

"오늘은 웨폰 회사에 들러봐야겠다. 괜찮은 물건이 있었으면 좋겠는데."

마침 이환도 얼마 전 합숙 훈련이 끝나서 오늘 같이 저녁을 먹기로 했다.

사실 이환의 합숙 기간은 2주 전에 끝났어야 했다.

그런데 갑자기 기간이 2주 더 연장되며 근 한 달 만에야 얼굴을 보게 되는 것이다.

연애를 하기로 하고 이번이 세 번째 만남이다.

그동안 둘이서 밥 한 끼 먹어본 적도 없었다.

첫 번째 만남은 사귀기로 한 당일인 데다가 그녀가 훈련이 있어서 정신없이 헤어졌고, 그다음 두 번째 만남은 잠깐 얼굴만 보고 역시나 훈련이 있어서 헤어졌다.

이후로 합숙 훈련으로 한 달이 지났고, 세 번째로 얼굴을 보는 게 오늘이다.

망할 놈의 훈련.

가람파에서 소속 무인들을 정말 무섭게 굴린다고 들었는데, 이환을 보면 그게 괜히 하는 말은 아닌 듯했다.

"데이트를 겸해서 함께 웨폰 매장에 들르면 딱 좋겠네. 겸사겸사 이환이 사용할 무기나 방어구도 좀 사주고 그래야겠다."

그 예쁜 얼굴을 오래간만에 보는구나.

아직도 이환이 나와 연애를 한다는 게 영 실감이 나지 않는다.

사귄 기간에 비해 만난 횟수가 적어서 더 그런지도 모르겠다.

그러고 보니 나, 이환이 어떤 사람인지도 잘 모른다.

정말 우리는 서로에 대해 아는 게 없이 연애를 하게 된 것 같다.

*   *   *

"…오래간만이에요."

약속한 조각 공원에서 이환을 만났다.

그녀가 잔뜩 붉어진 얼굴로 날 보며 겨우 인사를 건넸다.

"……"

나는 할 말을 잃었다.

정말, 정말, 나는 이환을 잘 모르겠다.

그녀는 치마를 입고 나왔다.

단 한 번도 본 적 없는 차림이다.

내가 아무 말 없이 그녀의 복장만 훑고 있자니, 그녀가 다시 어색하게 말을 꺼냈다.

"왜… 아무 말이 없… 어요?"

"원래 치마도 입고 그랬었어?"

이환은 고개를 저었다.

"주로 움직이기 편한 옷을 선호해요. 저는 검사니까, 그게 제일 편해요. 치마는 너무 걸리적거리는 게 많아서 불편해요."

그 말대로였다.

이환은 언제 어디서든 검을 휘두를 준비가 되었다는 걸 보여주는 듯한 복장만 고집했었다.

그런데 치마라니?

본인도 어색해하고 나도 어색해하는 와중이지만 놀라운 건.

'예쁜데?'

바지를 입고 무표정한 얼굴로 사내 마냥 씩씩하게 굴 때는 몰랐다.

아니, 객관적으로 예쁜 건 인정!

그러나 얼굴이 예쁘다고 그 사람에게서 매력이 샘솟는 건 아니다.

얼굴이 예쁜데도 그냥 마네킹 같은 사람이 있고, 좀 덜 예쁜데도 타인을 홀리는 그런 타입이 있다.

이환은 전자였다.

적어도 오늘 여기서 그녀를 만나기 전까지는.

한데, 치마를 입고 어쩔 줄 몰라 하는 모습에서 그동안 보지 못했던 인간미가 확 풍겨난다.

아울러 소녀의 부끄러움 같은 것이 어필된다.

이제야 비로소 진정 그녀가 예쁘다.

조화가 생화로 탈바꿈하는 순간이었다.

근데 치마를 입은 게 이렇게까지 창피해할 일인가?

"태어나서 치마를 입어본 적이 없는 건 아니죠?"

"제 기억 속엔 치마를 입어본 적이 없어요. 제가 기억도 못하는 어린 나이에 부모님께서 입혀주셨다면 처음이 아니겠지요?"

그냥 처음이라고 하면 되지 그걸 또 고지식하게 장황하게 설명하고 있다.

참 이환스럽다.

아무튼 중요한 건.

"그럼 그쪽 입장에서는 이게 지금 처음 입어보는 거네요? 치마."

"…네."

"왜 입었어요?"

내 물음에 이환이 두 주먹을 불끈 쥐고 대답했다.

"저는 무엇이든 열심히 합니다. 시작하지 않았다면 모르겠지만, 시작했다면 최선을 다해야 한다고 생각해요."

"그래서 연애도 열심히 하려고 노력하는 중이에요?"

"네!"

어이쿠, 대답이 너무 컸다.

지나가던 사람들이 일제히 우리를 쳐다본다.

순간 지난날의 악몽이 떠올랐다.

이환이 내게 고백하던 날, 난 다른 사람들에게 여러 여자를 애완동물 취급 하는 쓰레기가 되었었지.

그녀는 자신의 생각 속에 너무 파묻히면 주변을 신경 쓰지 않는다.

또다시 그런 불상사가 벌어져서는 안 되니 일단 여기를 뜨자.

"이환, 배고프죠?"

"네, 고파요."

"뭐 먹으러 갈래요?"

"스, 스테이크랑 파스타요."

"그런 거 좋아해요?"

"아니요."

"그런데 왜 그걸 먹으러 가요?"

"남녀가 처음으로 식사를 할 때는 원래 그렇지 않나요? 아, 식사를 대접해 주시면 제가 차를 대접해 드릴게요."

뭐야 이 교과서적이고 구시대적 냄새가 풀풀 풍기는 대사는?

이 여자가 설마?

"이환."

"네?"

"그거 다 인터넷에서 본 거죠?"

"······."

아무 대답이 없었으나 어깨가 움찔거렸다.

이건 긍정이나 다름없는 반응이다.

아아~ 연애를 글로 배운 여인이여, 앞으로 갈 길이 구만리구나.

"그런 거 신경 쓰지 말고 그냥 먹고 싶은 거 먹으면 돼요."

"그런··· 가요?"

"네. 뭐 먹고 싶어요?"

"그럼··· 제가 좋아하는 고깃집이 있는데 거기로 가요. 여기서 가까워요. 걸어서 갈 수 있어요."

"그래요, 그럼."

이환은 말을 하고 나서 갑자기 들숨 날숨을 격하게 쉬었다.

"후우웁. 후우. 후웁."

그러고서는 내게 와락 팔짱을 꼈다.

내가 놀라 그녀를 바라보자 그녀는 앞을 똑바로 보며 말했다.

"열심히 하는 중이에요."

귀엽네.

*   *   *

저녁을 먹고 웨폰 매장에 들렀다.

이환은 검사답게 웨폰 매장에 들어서자마자 눈을 반짝이며 이런저런 검들을 구경하느라 정신이 없었다.

반면 나는 그저 시큰둥할 뿐이었다.

'전에도 느꼈던 거지만 하나같이 허접해.'

매장에 있는 무구들은 몬스터의 전리품을 가공해 만든 것이다.

한데 가격에 비해 그 수준이 조악하기 그지없다.

물론 스케라 건이나 스케라 소드 같은 경우, 제법 유용하게 사용하고 있긴 하다.

그러나 에스테리앙 대륙에서 사용하던 무구와 비교하면 애들 장난 수준이었다.

특히나 최악 중의 최악은 5레벨 몬스터 멜피앙의 뼈와 가죽으로 만든 전신 갑주였다.

나름 공을 들여 만든다고 한 것 같은데 가격 대비 정말 효율성 떨어지는 갑주다.

비욘더의 안전에 큰 신경을 쓴 만큼, 확실히 방어도적인 면에서는 도움을 많이 받겠지만, 행동에 제약을 너무 많이 받는다.

매지컬 비욘더나 센서블 비욘더에게는 이런 전신 갑주가 또 도움이 될지 모르겠으나 피지컬 비욘더에게는 최악이다.

"뭔가 좀 그럴듯한 물건이 없을까?"

요즘은 미친 듯이 열리던 던전의 수가 갑자기 확 줄어버린 실정이다.

대신 필드가 자주 전개된다.

던전은 그 안에 몇 레벨의 몬스터가 있는지 파악 가능하지만 필드는 그게 불가능하다.

때문에 필드를 들어가는 비욘더의 입장에서는 늘 불안 요소가 따르게 마련이다.

나는 다른 비욘더들보다는 그런 불안감을 덜 느끼지만 안전장치가 있어서 나쁠 건 없다.

해서 그 안전장치를 사러 왔는데 문제는 하나같이 허접하다는 것.

'마갑이 그리워진다.'

에스테리앙 대륙에서는 몬스터들의 전리품으로 여기에 진열되어 있는 물건들과는 차원이 다른 마갑을 만들어냈다.

나는 한 번도 착용해 본 적이 없지만, 이름 깨나 있는 기사들은 전부 이 마갑을 착용하고 다녔었다.

평소에는 커다란 방패의 형태로 존재하는데, 보통은 등에 메고 다니다가 시동어를 외치면 방패가 수백 조각으로 쪼개지며 사용자의 몸을 친친 둘러 감아 전신 갑주로 변한다.

마갑은 튼튼한 내구도와 뛰어난 방어력을 자랑하면서도 깃털처럼 가벼운 것이 특징이다.

그렇기에 방패의 형태로 등에 메고 다녀도 부담이 없었다.

'마갑 하나만 있었어도 내가 수억을 내고 샀지.'

아쉬움에 입맛만 쩝쩝 다시고 있는데.

'가만? 아쉬우면 내가 만들면 되잖아?'

내가 누구던가.

현자 바르반의 양아들 아르넬로 드 에스페란자 루였다.

그에게서 온갖 잡다한 지식들을 전부 섭렵한 인간이 바로 나였다.

심지어 우리 가문이 몰락하기 전에는 어린 현자라는 별명까지 붙을 정도였다.

마갑 만드는 방법을 나는 알고 있다.

마갑을 제작하는 데 필요한 재료와 조력자만 있다면 얼마든지 만들 수 있다.

'최강의 마갑을 만들어주지.'

생각을 정리한 내게 이환이 다가왔다.

"마음에 드는 게 없나요?"

"네. 이환은?"

"저두 그냥 그렇네요."

이환과 나는 웨폰 매장을 나왔다.

그리고 타조를 소환해 녀석의 등에 타고 이환의 집으로 향했다.

시원한 밤바람을 맞으며 하늘을 나는 동안 내 머릿속에선 마갑을 만들기 위한 설계도가 빠르게 그려져 나갔다.

마갑은 아무나 만들 수 없다.

말 그대로 마력이 깃든 갑옷이기 때문이다.

때문에 마갑을 만들기 위해 필수적으로 필요한 건 바로 마법의 힘이다.

다행스럽게도 마갑을 만드는 데 필요한 마법 수준은 3클래스면 충분하다.

내가 딱 그 커트라인에 해당된다.

아울러 대장 기술은 필요 없다.

마갑은 다른 무구처럼 풀무질이나 담금질의 과정이 필요치 않다.

오로지 마법의 힘! 마법적 공식! 그 안에서 모든 것이 해결된다.

그렇다고 3클래스 이상의 마법사가 양질의 마갑을 만드느냐 하면 그것도 아니다. 얼마나 훌륭한 마갑이 탄생하느냐는 재료의 질이 결정한다.

마갑의 재료들은 몬스터의 전리품이다.

뼈와 가죽, 힘줄, 손발톱 같은 것들 말이다.

이 전리품들을 마법진이 그려진 통 안에 몬스터의 피와 함께 넣고 일주일을 기다리면 마갑이 된다.

만약 원하는 디자인이 있다면 마법진을 그릴 때 정보를 넣어주어야 한다. 그렇지 않으면 어떤 기괴한 디자인의 마갑이 나올지 알 수 없다.

자칫 잘못하다간 쪽팔려서 착용하지 못하는 마갑이 나를 맞이할지도 모르는 일이다.

그 외의 것들은 신경 쓸 필요 없다.

마법진이 그려진 통 속에서 전리품이 완전히 녹았다가 세포 단위로 재구성되며 알아서 마갑의 형태를 갖춘다.

내가 머리를 굴려야 하는 건 오직 디자인! 그것 하나밖에 없었다.

"내일부터는 마갑 재료를 열심히 구하러 다녀야겠네."

이환과 헤어지고 집에 돌아와 침대에 벌렁 드러누워 혼잣말을 흘렸다.

창문을 열어놓고 눈을 감으니 기분 좋은 실바람에 잠이 솔솔 온다.

*   *   *

근 일주일 동안은 던전이 단 한 번도 열리지 않았다.

대신 필드가 우후죽순 전개되기 시작했다.

필드는 여전히 비욘더들에게 두려움의 대상이었다.

던전과 달리 필드는 열에 한 명은 죽어나가는 곳이었다.

해서 비욘더들은 갈수록 필드에 들어가기를 꺼려했다.

하지만 누군가는 필드에 들어가서 몬스터들을 정리해야 한다.

그렇지 않으면 몬스터들이 전부 지구로 뛰쳐나오고 만다.

몇 마리, 아니, 몇십 마리 정도면 나오는 족족 충분히 처리할 수 있지만, 재수 없어서 몇백 마리가 튀어나올 경우 답이 안 나온다.

그리고 그건 곧 무고한 민간인의 인명 피해로 이어진다.

물론 비욘더가 전부 필드를 겁내는 건 아니다.

나 같은 경우, 이제 필드에 대한 두려움이 많이 사라졌다.

몬스터 군단이 강해진 게 가장 큰 이유다.

이미 몬스터 군단에는 퀸이 다섯 마리다.

퀸과 같은 종류의 몬스터는 내가 테이밍하지 않아도 퀸의 명령에 고분고분히 따른다. 때문에 1회용 우리 편이 되는 것이다.

게다가 퀸 한 마리 한 마리의 능력도 대단하다.

괜히 퀸이라는 칭호가 붙는 게 아니다.

뿐인가?

사천사와 시크냥도 일당백의 몬스터들이다.

만약 이 녀석들이 전력을 쏟아도 힘들 것 같은 싸움이 벌어진다?

그럴 때는 샤오샤오를 던지는 겁니다.

샤오샤오는 그렇게 사용하는 겁니다.

나 말고도 필드를 두려워하지 않는 비욘더가 몇 있었다.

대표적인 인물이 강철수와 한규설이다.

한규설은 원체 극쾌락주의자인 미친놈이라서 그저 필드만 열리면 물 만난 고기처럼 좋아한다.

그와 반대로 강철수는 분노로 가득 차 필드를 씹어 먹어버리겠단 투지를 불태운다.

필드에서 그가 아끼던 동생 조동혁을 잃었기 때문이다.

이후로 강철수는 필드가 열리면 앞장서서 들어가는 비욘더가 되었다.

하지만 그러다 강철수도 골로 가는 거 아닌지 걱정될 때가 많다.

필드에는 저레벨 몬스터보다 고레벨 몬스터가 많이 나오기 때문이다.

게다가 개체수도 던전의 몇 배일 때가 부지기수고, 떼로 몰려드는 일 역시 허다하다.

물론 내 입장에서는 그게 편하고 좋다.

괜히 시간 오래 끌지 않고 단숨에 정리할 수 있기 때문이다.

게다가 얻게 되는 전리품도 고가의 것이 많았다.

전 같았다면 무조건 비욘더 길드에 팔았겠지만, 이번에는 조금 달랐다.

5레벨 몬스터에게서 얻은 전리품 중 가장 비싸고 질 좋은 것 몇 개는 따로 아공간에 보관해 두었다.

마갑의 재료로 사용하기 위해서다.

같은 5레벨 몬스터들에게 얻은 전리품이라 하더라도 상등급이 따로 있다.

몬스터들은 1성부터 7성까지 성장도가 다르기 때문이다.

당연히 7성 몬스터들이 주는 전리품이 더욱 좋다.

하지만 그것도 난 다 팔았다.

전혀 눈에 차지 않았다.

내가 마갑의 재료로 택한 건 5레벨 7성 퀸의 전리품이었다.

일주일 동안 필드를 돌면서 총 세 마리의 퀸을 만났고 난 놈들의 전리품을 하나도 팔지 않고 전부 보관했다.

이제 재료는 충분했다.

남은 건 전리품이 전부 들어갈 커다란 무쇠 통 밑바닥에 마법진을 각인하는 것이다.

마법진은 아주 예민한 매커니즘으로 구성된다. 때문에 작은 실수 하나로도 커다란 오류가 발생한다.

마법진이 아예 작동 안 하는 경우도 있고, 내가 원하던 것과 전혀 다른 괴상한 마법이 시동될 때도 있다.

그래서 모든 마법사는 마법진을 만들 때 식음을 전폐해 가며 심혈을 기울인다.

마법진 안에 들어가는 기호 공식 하나하나가 완벽해야 하는데, 공식이 완벽해야 하는 건 당연하고 새겨지는 기호의 길이나 각도가 0.1밀리미터, 0.1도라도 달라지면 마법진은 말했다시피 오류가 발생한다.

"오늘부터 장인 모드 돌입이다."

집으로 돌아온 난 아버지께 중요한 일을 해야 하니 며칠 밥을 먹지 않고 집중해도 이해해 달라, 그리고 방에서 나오지도 않을 것이니 놀라지 말라 미리 언질을 드린 뒤 방문을 걸어 잠갔다.

그리고 아침에 사 온 무쇠 통 바닥에다가 레티스의 손톱으로 마법진을 파내며 각인하는 작업에 들어갔다.

레티스는 5레벨 몬스터로 녀석의 손톱은 다이아몬드도 우습게 잘라 버릴 만큼 강력하다.

실제로 에스테리앙 대륙에서도 마법진을 각인하는 데는 주로 레티스의 손톱을 가공해서 사용했다.

카각. 카가각.

방 안엔 무거운 침묵 속에 무쇠 통 바닥을 긁어내는 소리만이 가득찼다.

*   *   *

먹지 않고, 자지 않고 사흘 동안 마법진을 만드는 데만 전념한 결과물이 드디어 탄생했다.

난 마법진이 그려진 무쇠 통을 들고 아공간으로 들어갔다.

"뀨옷!"

"토톳!"

"라라랑~"

"듀라라~"

"우르르~"

"샤샤샤~!"

내가 들어서자마자 110마리의 펫들이 일제히 울어젖히며 달려들었다.

"자, 잠깐만!"

내가 다급히 놈들을 제지시켰지만 이미 늦었다.

쿠당탕! 와당탕! 쿠당!

"으커억! 컥!"

펫들은 날 사방에서 둘러싸고 엉망으로 뒤엉켜 마구 몸을 비벼대기 시작했다.

"다들 오와 열을 맞춰 선다!"

내 사나운 음성에 펫들은 후다닥 일어나 내 앞에 정렬했다.

그 행동이 군기 바짝 든 군인들을 보는 것마냥 신속 정확했다.

"이 자식들아. 너희들 머릿수랑 덩치를 좀 생각해! 진짜 죽을 뻔했네. 공사는 계속 진행하고 있어?"

펫들이 일제히 고개를 끄덕였다.

하지만 시크냥은 모른 체하며 날 외면했고, 샤오샤오는 몬스터들의 맨 앞에 서서 바들바들 떨고 있었다.

아, 미처 설명 못 했는데, 샤오샤오는 다른 몬스터들이 오와 열을 맞춰 정렬할 때 혼자만 깍두기처럼 앞으로 멀찍이 떨어져 서 있다.

몬스터들이 친해질 만하면 진화하고, 또 친해질 만하면 새로운 녀석들이 들어와 버리니 영 적응이 되지 않는지 엄청 부끄러움을 탔기 때문이다.

해서 몬스터 무리 속에 줄을 세워놓으면 어쩔 줄 몰라 하며 파르르 떨어대서 이렇게 녀석만 맨 앞에 따로 떼어놓아 세워둔 것이다.

처음에는 맨 뒤로 빼놨더니, 처음 보는 몬스터들 뒤태 보는 게 부끄럽다고 뒤돌아서 버렸다.

그리하여 샤오샤오의 포지션은 앞으로도 영원히 이 자리로 낙점되었다.

졸지에 무리를 이끄는 대장의 포지션을 차지하게 된 것이다.

"자, 그럼 지금부터 날 신경 쓰지 말고 계속 공사에 전념하도록!"

짝짝!

박수를 치자 펫들은 일사불란하게 움직이며 공사에 착수했다.

그 와중에서도 시크냥은 여전히 공사 따위 거들지 않으며 도도함을 유지했고, 샤오샤오는 내게 달려와 바지춤을 잡고 뒤에 숨었다.

"에이그, 그래. 샤오샤오, 너는 그냥 여기서 내가 하는 거 지켜봐."

"샤아?(진짜?)"

아, 정말 심쿵.

샤오샤오는 이 귀여움 하나로 모든 게 다 커버되는 녀석이다.

내가 볼 땐 에스테리앙 대륙에 존재하는 모든 몬스터들의 패시브 스킬 중 최강은 바로 샤오샤오의 귀여움이 아닐까 싶다.

난 샤오샤오의 머리를 쓰다듬어 주고서 바로 작업에 돌입했다.

샤오샤오는 내 다리 뒤에서 머리만 빼꼼 내밀어 내가 뭘 하는지 관찰했다.

마법진이 그려진 무쇠 통에 미리 구해놓았던 몬스터의 피와 전리품을 가득 채웠다.

그리고 뚜껑을 덮은 뒤, 마법진에 포스를 주입했다.

마법진은 그냥 그려두기만 한다고 발동되는 게 아니다.

3클래스급의 포스를 한 톨도 남김없이 전부 주입해야 비로소 발동된다.

그래서 마법진을 만드는 데 필요한 최소한의 수준이 3클래스라고 한 것이다.

하지만 재미있게도 마갑을 만드는 마법사들은 대부분 6클래스 이상의 고위 마법사들이다.

왜?

마갑 제작에 필요한 마법진이 엄청 복잡하거든.

여기에 들어가는 공식들은 장난이 아니다.

이걸 이해하고 분석해서 알맞은 방법으로 풀어내 마법진에 그려 넣으려면 어마어마하게 머리를 굴려야 한다.

하지만 겨우 3클래스에 오른 마법사들은 그 원리를 이해하기가 힘들다.

그걸 나는 해냈다.

바르반이 사기꾼이긴 했지만 현자는 현자였다.

그는 마법의 '마' 자도 모르는 내게 모든 마법 공식들을 너무나 쉽게 가르쳐 주었다.

덕분에 나는 난 마법학 관련된 지식들을 스펀지처럼 빨아들였고, 남들이 20년 걸릴 걸 2년 만에 파악해 버리는 기적을 체험했다.

"좋아, 준비 끝."

이제 일주일간 기다리면 된다.

난 펫들에게 절대 무쇠 통을 건드리지 말라 신신당부한 뒤, 아공간을 나왔다.

　　　　　*　　　　　*　　　　　*

드디어 고대하던 순간이 왔다.

스마트폰 알람을 듣고 새벽에 눈을 뜨자마자 아공간으로 들어가 무쇠 통을 꺼내 왔다.

날일로 따지면 어제가 일주일이 되는 날이었지만, 혹시 몰라 하루를 더 기다렸다.

난 무쇠 통의 뚜껑을 천천히 열었다.

커다란 무쇠 통 안에는 몬스터의 피와 전리품이 전부 사라지고 원형의 방패가 담겨 있었다.

크기는 건장한 성인 남자의 등짝을 전부 가릴 정도였고, 색은 찬란한 은빛이었다.

방패의 중앙에는 늑대의 얼굴이 양각되어 있었다.

내가 마법진을 구성할 때 넣어놓은 디자인이다.

하늘을 향해 날카로운 이빨을 드러내고 있는 늑대의 옆모습은 에스페란자 가문을 상징하는 심볼이었다.

비록 바르반에게 뒤통수 맞은 걸 생각하면 지금도 피가 거꾸로 솟지만 어쨌든 나를 살려준 것도 그고, 내가 이렇게 성장할 수 있도록 도와준 것도 그였다.

해서 애증이 많이 남아 있는 모양이다.

난 방패를 들었다.

예상했던 대로 깃털만큼 가벼웠다.

이제 마갑으로 변하는 이 방패와 주종의 언약을 맺어야 한다.

새끼손가락을 바늘로 쿡 찔러 피를 냈다.

"아프네."

영화 같은 데서 보면 손가락을 이빨로 깨물어서 혈서도 쓰고 그러던데 난 그 짓은 절대 못 하겠다.

바늘로 찌르는 것도 아파 죽겠다.

내가 무술을 배우고 몬스터를 테이밍하고, 마법을 사용하는 인간이라고 해도 고통은 남들과 똑같이 느낀다.

똑.

내 피 한 방울이 방패에 닿았다.

그러자 방패에서 은은한 빛이 일었다.

그 빛은 곧 내 몸을 타고 들어왔고 머릿속에서 어떠한 의지가 전해졌다. 그 의지는 내게 주종의 언약을 맺을 것이냐 물었다.

"맺겠다."

의지는 다시 내 이름을 물었다.

"루아진."

대답을 하자 이번에는 자신의 이름을 정해달라 말했다.

"네 이름은, 에스페란자다. 마갑 에스페란자!"

진짜 나도 모를 애증이 더럽게 큰가 보네.

심볼도 모자라 가문의 성을 마갑에 붙이다니.

휘우우우웅!

내 부름에 에스페란자에서 일렁이던 빛이 더욱 강렬해졌다.

그리고 에스페란자가 수백 가닥으로 갈라져 내 전신을 감싸 안았다.

『미라클 테이머』 5권에 계속…

Illustrator : 김재범

초대형 24시 만화방

신간 100%, 샤워실, 흡연실, 수면실(침대석), 커플석, 세탁기 완비

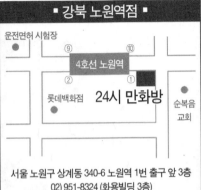
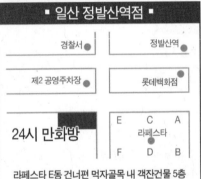

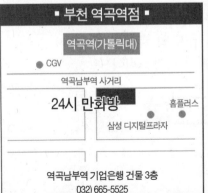
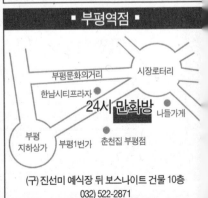

FUSION FANTASTIC STORY

김대산 장편소설

온반장기

2년 차 대한민국 취업 준비생 김철민.

친척 하나 없는 사고무친의 처지로 앞날이 막막하기만 하던 어느 날,
우연치 않게 산 로또가 1등에 당첨된다.
아니, 그가 1등에 당첨되도록 만들었다.

혼자만의 상상으로만 해왔던 이상한 놀이
'시거'가 현실로 이루어진 것이다.

졸부(猝富), 그리고 '시거'와 함께
또 하나의 이상한 현상인 '슬비'가 더해지면서,

그의 일상은 이윽고
예측할 수 없는 격변 속으로 빠져든다.

Book Publishing CHUNGEORAM

유행이 아닌 자유추구 -
WWW.chungeoram.com

현윤 퓨전 판타지 소설

FUSION FANTASTIC STORY

최연소 장군 아버지의 뒤를 따라 군에서 승승장구하던 하진
어느 날 방산비리에 연루된 아버지의 잠적으로
가정이 풍비박산이 난다.

자포자기하며 방황하던 하진은
어느 날 골동품을 파는 노파를 돕고
기묘한 느낌이 드는 목함을 손에 넣게 되는데……

그리고 그를 찾아온 빚쟁이들과 쏟아지는 폭력 속에서
목함은 하진을 기묘한 세상으로 이끈다!

『무한 레벨업』

살아남아라! 그리고 재패하라!
패왕의 인장을 손에 넣은 하진의 이계 정복기!

Book Publishing CHUNGEORAM

 유행이 아닌 자유추구 -
WWW. chungeoram.com

미러클 테이머

인기영 장편소설

FUSION FANTASTIC STORY

MIRACLE TAMER

이계로 떨어져 최강, 최고의 테이머가 되었다.
그러나… 남은 것은 지독한 배신뿐.

배신의 끝에서 루아진은 고향 지구로 되돌아오게 되는데……
몬스터가 출몰하기 시작한 지구!
그리고 몬스터를 길들일 수 있는 테이머 루아진!
그 둘의 조합은……?

『미러클 테이머』

바야흐로 시작되는
테이머 루아진과 몬스터들의 알콩달콩한
대파괴의 서사시!!

Book Publishing CHUNGEORAM

FUSION FANTASTIC STORY

텀블러 장편소설

현대 천마록

천하를 호령하고, 전 무림을 통합한
일월신교의 교주 천하랑.
사람들은 그를 천마, 혹은 혈마대제라고 불렀다.

『현대 천마록』

무공의 끝은 불로불사가 되는 것이라 생각했지만
그로서도 자연의 섭리 앞에선 어쩔 수 없었다!

'그렇게 많은 피를 흘렸음에도 불구하고
죽을 때가 되니 남는 것이 없군그래.'

거듭된 고련 끝에 천하랑의 영혼이
존재하지 않게 된 그 순간
그의 영혼은 현세에서 천마로서 눈을 뜬다!

Book Publishing CHUNGEORAM

유행이 아닌 자유추구 –
WWW.chungeoram.com

FUSION FANTASTIC STORY

가프 장편소설

시크릿 메즈

SECRET MEZ

—너는 10,000개의 특별한 뉴런을 더하게 되었어.
매직 뉴런, 불멸의 뉴런이지.

실험실 알바를 통해 만난 '6번 뇌'.
우연한 만남은 이강토를 신비의 세계로 이끈다.

『시크릿 메즈』

매직 뉴런을 탑재한 이강토의
정재계를 아우르는 좌충우돌 정의구현!
긴장하라, 당신이 누구든 운명은 이미 그의 손안에 있으니!

"무슨 꿍꿍이가 있는지, 어디 한번 봐볼까?"